独白

二係捜査（5）

角川文庫
24367

目次

登場人物

信楽京介《しがらききようすけ》……警視庁捜査一課所属。二係捜査のベテラン。巡査部長。

森内《もりうち》　洸《ひかる》……警視庁捜査一課所属。二係捜査の若手刑事。巡査部長。

泉《いずみ》　吉彦《よしひこ》……警視庁捜査一課管理官。かつて二係捜査を担当。

新見正義《にいみまさよし》……「週刊タイムズ」デスク。（『友を待つ』『黙約のメス』に登場）

小林博己《こばやしひろみ》……「週刊タイムズ」記者。（『友を待つ』『黙約のメス』に登場）

古谷健太郎《ふるたにけんたろう》……「週刊タイムズ」記者。（『友を待つ』に登場）

沼田正樹《ぬまたまさき》……元暴力団員。二人を殺害し一審で死刑判決を受ける。控訴中。

1

午前零時、消灯時間から三時間が経過した。

刑務官である吉沢明人《よしざわあきと》は看守室のモニターを覗《のぞ》く。

囚人、収容者は独居房の布団に横になって眠りについていた。一つのモニターに映る男だけが、腰を降ろしていた布団からおもむろに立ち上がった。

その男は床に手をつき、腕立て伏せを始めたのだ。

十二月の底冷えする床に、胸が付くほどの深さまで、結構なスピードで体を上下させる。

消音にしているにもかかわらず、吉沢の耳にはモニターを通じて男の激しい呼吸音までが聞こえてきそうだった。

これが聞いていたやつか――吉沢はため息をつく。

その独居房の男が夜間に運動を始めたとは事前に聞いていた。しかも四交替制の一人の時にだけする。一人の看守を狙い撃ちにした嫌がらせである。

前回狙われた刑務官は、ベテランだが、見るからに人が良さそうな人だった。この囚人のせいで体調を崩し、他の階の担当に替わった。それを引き継いだのが吉沢だ。刑務官になって四年目、この東京拘置所が二箇所目の勤務地である吉沢は、実年齢の三十二歳より若く見られるため、次は自分が夜勤の日にやってやろうと、舐《な》められたのだろう。

むかっ腹が立ったが、冷静になれと自分を鎮め、看守室を出る。

男は、沼田正樹《ぬまたまさき》、四十八歳。広域指定暴力団組織に所属していた昨年、対立する半グレグループの二人を殺害、一審の東京地裁は「二人の尊い命を奪った被告は無反省な態度で、更生意欲は認められない」と死刑判決を出した。その後、沼田が控訴したため、彼の身は正確に言うなら死刑囚ではなく、未決拘禁者（未決囚）となる。

沼田は起訴後から終始、この地下二階、地上十二階、おおよそ三千人を収容できる、日本最大の拘禁施設である東京都葛飾《かつしか》区小菅《こすげ》の東京拘置所に収監されている。

来月に控えた控訴審で死刑が確定した後も、沼田はここで過ごすことになる。死刑囚が刑務所ではなく、拘置所に収監されるのは、死刑執行に至るまでの身柄拘束は刑期ではないからだ。そのため死刑囚には懲役という名の労働もない。

そうした規則以上に司法が死刑囚に気遣うのは、世界の約七割の国が「国家が人の命を奪う」という死刑制度を廃止、もしくは執行を停止しているからである。国際的な潮流に逆らってわが国で死刑を執行する以上、余命に限りがある死刑囚には安寧を与えなくてはならない。

死刑確定後も囚人服を着ることもないし、風呂《ふろ》や持ち込む書籍などの制限も刑務所より緩い。三食栄養バランスが整えられた食事が配給される。

吉沢がこの階を担当してまだ三日目だが、昼間の沼田は、とても二人を殺害した凶暴犯とは思えないほど言葉遣いも丁寧で、物静かな男だ。三度の食事も残さず食べ、雑誌を読んだり、ラジオを聴いたり……夜間もそれまでは刑務官の手を煩わせるような行動は一度もなかったらしい。

それが控訴審の初公判日が来年一月に決定した十月あたりから、沼田の行動に変化が見られた。

その変化が深夜、それも一人の刑務官が夜勤の日を狙って行うトレーニングである。いくらある程度の自由が許容されているとはいえ、消灯後、それも他の収監者が寝静まった深夜に行うとなれば、看過できない。前任者の刑務官は何度も注意したが、沼田は聞かず、この激しいトレーニングをおよそ二時間続ける。

吉沢は施錠されていた鉄格子の扉を開け、独居房が連なる弱い光に照らされた廊下を歩いた。

自分の足音しか響かなかった廊下に、次第に吐く息が漏れ聞こえてくる。

十房が並ぶ一つの中にいる、パジャマ姿の老年男性と目が合った。男性は顔をしかめていた。経済事件で収監されている未決の会社経営者で、彼も前任のベテラン刑務官に、物音が気になって眠れないとクレームを出していた。

その経営者に、吉沢はこれから注意するからと、目で合図を送り、沼田の独居房の前に立つ。

モニターで見た時は腕立て伏せをしていたのが、腹筋に変わっていた。ライトを照らすと、体を浮かすたびに、暗闇に沼田の白い息が立ちのぼっていく。

「沼田さん、トレーニングする時間は昼間に充分あるだろう。お願いだからこの時間はおとなしく寝てくれないか」

あえてさん付けした。こうして下手に出るからつけあがるのか。

研修では収容者の人権を尊重して接するようにと指導を受けた。ことさら死刑囚及び未決死刑囚の後ろでは擁護団体が手薬煉《てぐすね》を引いて待っていて、乱暴な対応をすると、死刑囚の尊厳が守られていないとクレームが来る。

だがそうした気遣いも沼田には通じない。声が聞こえているにもかかわらず、彼は目を向けることもなく、ひたすら運動を続ける。

沼田の腹筋は一般的なものとは違って、ハードだ。

膝《ひざ》を曲げ、両手を胸でクロスさせて、上半身を上げては左右に捻《ひね》る。腹筋だけでなく、腹側筋も鍛えるトレーニングで、吉沢も高校の部活動でやった。十七歳だった当時の自分と比較しても、四十八歳の沼田の方がキレがある。

「本当に勘弁してくれよ。昨日も一昨日《おととい》もやっていなかったそうじゃないか。今晩は俺がこの階を担当して初めての夜勤なんだよ」

丁寧に頼んだところで沼田にやめる様子はなかった。

しばらく放っておくことも考えたが、沼田は再び腕立て伏せに戻る。

さっきは深いだけの腕立て伏せだったが、今度は腕を伸ばしたまま、床から勢いよく両手を離しては、宙で手を叩《たた》く。

これも学生時代にやった。きつくて五回やったら腕が震えだしたのに、沼田は五回をすんなりやり終えた。叩いても体はまったくブレない。すごい体幹である。まだ続ける。

手を叩く音が七・五平米の独居房を囲む厚いコンクリートの壁で反響し、独房外へと漏れていく。今の音で眠りについていた何人かが目を覚ましたのではないか。

「やめろ。そんな大きな音を立てたら周りも眠れなくなる。あんたを懲罰房に入れなきゃならなくなるぞ」

さすがに耐えきれず、口調を強めたが、沼田には効果はなく、運動をやめない。

ダメだ、上に報告しよう。そう覚悟すると、沼田の動きが止まった。

腕立て伏せの状態のまま、吉沢をねめつけてくる。

「な、なんだよ」

昼間の優しい目とは異なる強い視線に吉沢は声が引きつった。

「あなたたちが、俺の頼みを聞いてくれないからだ」

やはりそういうことか。そのことも上司から聞いている。前任者から報告を受けたが、上が却下したらしい。

「加川《かがわ》さんに頼んだことだろ？　だけど俺たちにも規則があって、勝手には動けないんだよ」

言われた通りに突っぱねた。

沼田は鼻息を立てると、うつ伏せのまま床に体をつけ、今度は背筋を始めた。

驚くほど背中が反り曲がる。

きついのか、唸《うな》り声を出す。勢いよく体を反らせるたび、その声は大きくなる。

「分かったよ、聞くよ、聞くからやめてくれ」

沼田は反った体を床に戻し、顔を向けた。

「刑事を呼んでほしい」

聞いていた通りのことを言った。

「どうして呼んでほしいんだ」

刑事を呼べと言うところまでは聞いていた。だがその理由までは知らされていない。

「俺はもう一人、殺した。そのことを話したいから刑事を寄越《よこ》してくれ。すべて自供する」

沼田が言ったことは想像していたことよりはるかに衝撃的だった。

だがこれくらいでいちいち動じるようでは、刑務官は務まらない。

「そのこと、前任の加川さんにも言ったんだろ。自分らは刑事に連絡できる裁量はないんだよ。どうしても呼びたいなら弁護士に頼むなり昼間の担当に要望書を出すなりしてくれないか」

「そんな悠長なことをしている時間は俺にはない」

視線をぶつけたまま沼田は大きな声で訴えてくる。

並列する独居房から「うるさい」「静かにしろ」と怒鳴り声がして、収拾がつかなくなった。

「上に話して警察に伝えてもらう。頼むから静かにしてくれ」

吉沢が窘《たしな》めたが、それでも沼田は叫んだ。

「全部、自供する。だから早く刑事を寄越せ」

2

森内洸《もりうちひかる》は警視庁捜査一課、大部屋の隅にある自席で、一人で仕事をしていた。

やるべき仕事は決まっていて、行方不明者の中でも「一般家出人」など失踪《しっそう》した理由が明らかになっていない「特異行方不明者」を調べ、その人物とすでに逮捕された被疑者が結びつかないか、どんなに小さなことでもいいので端緒を探し出すこと。別名「遺体なき殺人事件」と呼ばれる二係事件の捜査である。

行方不明者との関係が悪化していた友人や交際者、金銭のやりとりがあった人間、遺恨のある者……そうした交友関係があれば、警察は動く。

洸が担当するのは怪しい交友関係も間接証拠もないケース。事故なのかもしれないし、はたまたまったく身内や友人に素振りを見せなかっただけで、遠い地で生活している家出人なのかもしれない、そういった謎多き失踪である。

行方不明者届の数は増加傾向にあり、その中から逮捕者との関係性を探し出すわけだから、相当にストレスが溜《た》まる。

普段は信楽京介《しがらききょうすけ》という、この道三十年近いスペシャリストの刑事と二人で仕事をしている。

信楽は過去にも、行方不明者届と捜査記録といった資料を繰り返し見比べては、共通点を発見。それをもとに逮捕勾留《こうりゅう》されている被疑者を自供させ、遺体を掘りだし、殺人容疑で逮捕してきた。

共通点といっても、普通の刑事なら見逃してしまう微細なもので、信楽の粘りのある調べには毎回感心させられる。

だがこの細かくて根気のいる職務のせいで、洸は今日から三日間、一人で仕事をすることになった。

信楽の大腸に二センチ以上のポリープが複数個、発見されたのだ。

一センチ前後だと良性がほとんどだが、二センチを超えるポリープは悪性、癌の可能性が高くなる。

組織を病理検査したところ、幸いポリープは良性だが、放っておくと悪性に転化することも考えられ、切除した方がいいとのことだった。切除すると、術後の出血に備えて入院になる。ちなみにポリープの切除でも、手術ではなく検査と呼ぶらしく、信楽は今日から検査入院することになったのだった。

この際、大腸ポリープの切除だけでなく、他にも胃カメラや脳ドックなど、徹底的に調べることになった。

悪いところがないか今回徹底的に検査してもらった方がいいと言ったのは、信楽を必要としている刑事部の上層部、江柄子《えがらし》鑑識課長や泉《いずみ》管理官である。

もっとも、見つかったポリープが良性だというのに、信楽は憂鬱《ゆううつ》そうだった。

──人の体に器具を入れて、切り取るんだぞ。そんなことをしたら、健康な人間まで、悪化してしまうよ。

信楽はそう言って口をつぼめた。

──良性の段階で発見できたのですから、良かったじゃないですか。いつ悪性になるか分からないわけですし、大腸がんは、今は男女合わせての罹患率一位ですよ。

まだ三十代の洸は、バリウムを飲むのが苦手なくらいで、健康診断じたいは簡単に終わる。しいて言うなら、どうしていい大人が、成長が止まった身長を測らなくてはいけないのか、文句はそれくらいだ。

だが五十歳が迫っている信楽はそうはいかない。

聞いたところ、信楽は庁内で義務付けられている健康診断も、ここ五年以上、捜査が忙しいなど理由をつけて受けておらず、警務部の健康診断未受診者のブラックリストに入っていたらしい。

そのため泉管理官が頼んで診断を受けさせた。そうしたらポリープが発見できたのだから、泉に感謝しなくてはならないのに、聞き分けの悪いことを言っているのだから本当に困った人だ。

――潜血があったのは大腸だぞ。それなのにどうして胃カメラまでやらなきゃいけないんだよ。

信楽はまだ文句を言っていた。

――そういう可愛げないことを言ってると、鑑識課長や泉管理官から本気で叱られますよ。検査したおかげで胃潰瘍《かいよう》が発見されるかもしれないし。

心配なのは潰瘍より癌だ。五年以上も検査していないと聞くと不安になる。

――この前、胃癌検診をやった刑事に聞いたら、今の胃カメラは辛《つら》くなくなったらしいけどな。腕に針を刺されて、医者が「これから薬を流しますからね」と言うと、意識を失って気づいた時には終わっていたって。

――前はどうだったんですか。

――俺が前回受けた六年前は、麻酔なんてなかったよ。口から管を入れられ、えずきそうになるのを堪《こら》え、最後まで苦しいままだった。事前に警務から「鼻と口、どっちからカメラを入れる病院がいいですか」と訊《き》かれたけど、どっちも気持ち悪くてお任せしますと答えたよ。

大腸ポリープの切除も、麻酔を使って、ファイバースコープでやるらしい。胃と違って、腸の破裂があるため麻酔量が少なく、完全に意識を失うことはないが、痛みが和らぐならたいしたことはない。それなのに信楽は浮かない顔をしていた。

――そこまで最新設備が整った病院なら、大船に乗った気でいられるじゃないですか。

――考えてみろよ。そんな簡単に意識を失うということは、医師のさじ加減で人間を簡単に死なせることができるってことだぞ。

弱気なセリフに、信楽が極度の血嫌い、死傷者の傷口など生々しいものも苦手であることを思い出した。

――部屋長、まさか医師のミスで生きて帰ってこられないとか心配しているんですか。

――馬鹿言うな。麻酔医が立ち会わないだけで、歯医者が麻酔をかけるのと変わらないよ。

――でも部屋長は、血液検査の注射も苦手でしょ。

――苦手なわけないだろう。あれくらい。

言い返してくるが、明らかな強がりだ。

――じゃあ、針を刺す時は、注射針を見る方ですか、それとも顔を背ける方ですか。

――針を見るヤツなんかいないだろ。

――僕はちゃんと見ますよ。それこそ麻酔で殺されることを心配するなら、医師がちゃんと刺すか確認すべきですよ。

普段やり込められている大先輩に仕返しするチャンスだと、洸は調子に乗った。

そうして冗談を言い合って別れたのが昨日の夕方だった。検査前夜とあって、昨日は禁酒を言われたそうだが、ちゃんと守っただろうか。

信楽がいるからこそ、洸は安心して調べたことを報告できるのであって、もし信楽に異動が出て、自分一人になったら、何年経っても一件も解決できないかもしれない。

それでも信楽が休むこの三日間、洸は大きなチャンスが訪れたと思っている。

二係事件を解決できるのは部屋長しかいない、とも話したが、洸も捜査の一端を担ってきたとの自負は多少なりとも持っている。

二係捜査に携わって三年が過ぎた。

警察官には異動はつきものだが、二係捜査のスペシャリストである信楽は、あと十年ちょっとで定年になる。

その後任に自分が選ばれるとしたら、これ以上の栄誉はない。信楽がいなくとも、森内がいるから二係捜査は心配ない――上からそう信頼されるよう、最近はより意欲的に、この不毛の捜査に打ち込むようになった。

洸は朝から資料を見ているが、実は取り掛かろうとしている事案は決めていて、アポイントまで取っていた。

信楽にも三日前にこの件を話した。信楽は「じっくり動いた方がいいな」とあまり乗り気ではなかった。

信楽が慎重だったのは、洸が行方不明者届から端緒を見出《みいだ》しただけと勘違いしたからであって、情報源を伝えていれば違った反応だったろう。

行方不明になっている人間を殺したと言っている男がいる。

その殺害を仄《ほの》めかしている男、沼田正樹はすでに二人を殺し、一審で死刑判決を受けた。

そのことを教えてくれたのが、東京拘置所の刑務官である吉沢明人だった。

同じ司法に携わる公務員であるが、法務省の職員である刑務官が、警視庁刑事に直接、情報を伝達することはない。

だが吉沢は高校のサッカー部の先輩で、一年生からレギュラーだった洸の面倒をキャプテンとして見てくれた。

沼田は吉沢以外の刑務官にも殺人を仄めかしている。

前の刑務官は、上司の看守部長に報告したが、そこから警視庁に連絡がないということは、拘置所で検討した結果、報告を見送る、もしくは保留しようと決めたのだろう。

にもかかわらず、吉沢がルールを破って、洸に連絡を入れてきたのは、前の刑務官には話さなかった内容まで聞いたからだ。

――森内、こんなこと、おまえに話したと上司に知られたら、俺は怒られるだけでは済まないけど、俺には沼田正樹が嘘をついているとは思えないんだよ。最初の夜勤日、

「殺したのなら、誰を殺したのか話してくれ」と訊いた俺に、沼田は「それは刑事に話したい」と譲らなかった。だけども二度目の夜勤の日、沼田は「あなたは信頼できそうだから、話してもいい」と言った。そしてついに名前を言ったんだよ。

洸はパソコンの行方不明者届に目を遣《や》る。

浅越《あさごえ》功《いさお》、失踪時六十歳だったので、今も生きていれば六十一歳。家族はなし。住所は東京都江戸川区《えどがわく》西葛西《にしかさい》……消費者金融「菊水《きくすい》ローン」を経営、五年前に不動産を仲介した際、反社会的勢力に関わっていないかを確認する作業、いわゆる反社チェックを意図的に怠った容疑で逮捕、罰金刑を受けている。

急に連絡がつかなくなったと葛西署に相談に来た親戚《しんせき》から、行方不明者届が出されたのが昨年の六月十日である。葛西署は警視庁組織犯罪対策部に、浅越が暴力団と関わりがないか、問い合わせている。行方不明者届にはそれ以上の記述はないから、その時点では暴力団との関連性が確認できなかったのだろう。

しかし、関わりはあった。

浅越が五年前に逮捕された事案、不動産の借り手となった暴力団員が、東京都墨田区を拠点とする暴力団、矢代《やしろ》組の組員だったのだ。沼田正樹は犯行時、矢代組の構成員だった。

おそらく浅越と矢代組は水面下で取引を続けていた。なにかしらのトラブルが生じ、沼田が浅越を始末し、遺体を遺棄した……。

洸はパソコンの電源を落とすと、気迫を込めて、右拳《みぎこぶし》で左の掌《てのひら》を打った。上着を羽織り、廊下を挟んで反対側にある庶務担の席に向かう。

信楽からは「俺が不在の三日間、なにか見つけてもわざわざ連絡してこなくてもいいぞ。庶務担の泉管理官に連絡して、自分で判断して行動しろ」と言われている。

庶務担管理官の泉の姿はなかった。代わりに内井《うちい》係長に報告する。

「東京拘置所？」

怪訝《けげん》な顔をした係長だが、「信楽さんからも信頼されているわけだから、おまえに任せるよ」とだけ言われた。

あえて死刑云々を言わなかったのは、言えば係長の判断では済まなくなると感じたからだ。

自供すると沼田自らが言っているのだ。会って遺体を遺棄した場所を聞き出し、そこからホトケが出れば、その時点で解決したも同然である。

不在の間に一つ事件を片付けて、信楽をあっと言わせたい。

洸は踏み出す足にまで力が入った。

3

週刊タイムズのデスク、新見《にいみ》正義《まさよし》は、両手を頭に持っていき、指を立てて、昨夜から糸が絡まった状態にある頭をマッサージした。

デスク席にはプリントアウトされた原稿が出ている。提出された深夜に一読し、今朝、再度目を通した。

記事を書いたのは新見班の一人で、他班で役立たずのように扱われていたのを正義が引っ張ってきた二十九歳の小林博己《こばやしひろみ》である。

真面目で誠実な小林の人柄に、正義は「俺の班に来い」と誘った。しかし新見班に入った当初の小林は、毎週の班会議までに翌週号のネタを一本も出せないことがしばしばあった。会議に出せても、取材で煮詰めて記事にするまでに至らない。毎週一冊の号を作らなくてはならない週刊誌の記者としては、どうにも鈍くさかった。

その理由は明瞭《めいりょう》だった。誰よりも朝早くから、夜遅くまで仕事をする小林だが、会社にいることが多く、取材しているより机で考える時間が長かったのだ。

——外に出て、誰でもいいから話を聞いてみればいいんだよ。どんな人間でも、なにか一つくらいは情報を持っているもんだ。

正義は小林に発破をかけた。

どんな人間でもは極端だが、政治家、秘書、警察官、企業の広報担当、新聞記者……情報を知る者はいくらでもいる。

正義自身、週刊タイムズに配属された直後は、尊敬していた二人の先輩から同じことを言われた。その教えを実行しているうちに、噂話に毛が生えた程度だったネタが、全メディアが後追い取材をしてくるほどの大スクープ記事になったこともある。

そうした週刊誌記者の基本姿勢を煩《うるさ》く言い続けたことが身に付いたのか、最近は小林が取ってきたネタが誌面を飾るようになった。

そして今回、いつもはどれだけ裏付け取材ができても遠慮がちの小林が、「左トップ、いえ、右トップにいけるネタがあります」と自信満々に売り込んできた。

右トップとは電車の中吊《なかづ》り広告の右端、すなわち、その号の週刊誌における一番の売り、新聞でいうところの一面記事だ。週刊誌では一般に政治記事や事件記事を右トップ、芸能ゴシップなど二番手扱いを左トップに置く。話の中身まで聞くと、政治ネタではなかったが、充分右トップに値する内容だった。

班会議で煮詰めたものを、デスク以上で構成される編集会議に提出、小林のネタには編集長も興味を示し、その段階で右トップでの扱いが決まった。

そのことを会議後に小林に伝えると、彼は急に顔付きが変わってガッツポーズした。普段、小林に「仕事がのろい」と文句を言っている新見班のエース、古谷健太郎《ふるたにけんたろう》までが、「小林、努力してきた甲斐《かい》があったな」と肩を組んで称《たた》えていた。

編集会議後、締め切りまであと一日と迫った今日の時点まで、小林のネタを上回る大きなニュースは入ってこず、台割は右トップのままになっている。

だが部下が汗水かいてここまで仕上げた原稿を本当に掲載していいものか、正義は正直、悩んでいる。

深夜に小林が書き終えたセンセーショナルな仮見出しがついている原稿を、正義はもう一度、読み直すことにした。

2人を殺した死刑囚が懺悔《ざんげ》の自白 私はもう1人、生き埋めにした

私、沼田正樹は、元暴力団組員で、今年、一審の東京地裁で死刑判決が出た。控訴して現在は東京拘置所に収監されている。

判決が出た事件については、控訴審が控えているため、ここでは割愛する。

また法律的には控訴した私は死刑囚ではなく未決囚、ただの被告らしいが、たくさんの読者に読んでほしいため、「死刑囚」という語句をタイトルに使うことを許可した。

今回は、闇に葬られたままでいる事件を明らかにしたい。

だが事件を明かす前に、私の育った経歴を話したいと思う。それを明確にした方が、私がなぜ、今回、このことを伝えようとしているか、私の人間性から理解してもらえると感じたからである。

私は一九七五年十二月二十八日に千葉県船橋《ふなばし》市で生まれた。

父親は信用金庫に勤めていたが、私が八歳の時、客から預かった金を着服して、フィリピンパブのホステスに貢いだ。「ジャパゆきさん」という言葉が流行語になった時代

である。

横領の発覚を恐れた父は、フィリピン人ホステスと失踪《しっそう》。会社は着服の事実を突き止め、父を刑事告発するとともに、母に父が横領した七千万円の返済を要求した。

父の実母が、母の前で涙を流して自分が責任を取ると言い、七千万円は持ち家を売却して支払った。

だがそれまで専業主婦だった母は、私と四つ下、六つ下の妹のために働きに出ざるをえなくなり、船橋のスナックに勤め始めた。

晩御飯の用意だけをして母が仕事に出た後、幼稚園年中と三歳の二人の妹と食事をとり、皿洗いをする。仕事に疲れ、家事をおろそかにしていた母に代わって洗濯や掃除までしたのは、当時小学三年生の私だった。

おかげで私は宿題もできず、学校での成績はびりっけつ。テレビを見る時間もないから友達との話題についていけない。小学五年生になると母は夕食を作ることも拒否し始めたため、二人の妹のために晩御飯を作るのが日課となった。

幼い妹たちを栄養失調にするわけにはいかないと、肉や野菜をバランスよく取り入れようと私なりに工夫もした。

食費は母から預かっていたが、それだけでは足りず、机の引き出しに隠していた祖母からもらったお小遣いやお年玉から捻出《ねんしゅつ》することもあった。

主婦の役割をしたにもかかわらず、母は私には厳しく、言いつけた家事ができていないと平気で手を上げた。「おまえ、邪魔なんだよ」と後ろから蹴飛《けと》ばされ、玄関のドアに頭から突っ込んだこともある。

その時は額を切り、出血が止まらなかった。病院で縫合してもらわなくてはならないほどだったが、私はタオルで傷口を押さえ、血が染みたバンドエイドを何度も貼り替えて止血した。今も左の額には傷があるが、その時に適切な処置をしなかったせいである。

一七〇センチ近くあった母は、小学生の私より十センチ以上大きかったし、なによりもすぐ癇癪《かんしゃく》を起こすため、私には恐怖の存在でしかなかった。

いつしか私の恐怖の対象は母だけではなくなっていた。

自分の時間を犠牲にしてまで尽くしたというのに、二人の妹までが私に冷たく当たり始めたのだ。

どうして妹たちまでが私を嫌悪するのか、その理由を私は六年生の二学期に知った。

父が結婚前に付き合っていた水商売の女が、ある日、生まれて間もない乳児を連れて家にやってきて、「あなたの子だ」と言いそのまま住み着いた。女はそう日が経つことなく乳児を置いて蒸発した。

その乳児が私である。籍を入れる前だったが、父は私を子供と認知してくれた。

当時、父が勤める信用金庫に勤務していた母は、落胆した父を見ていられずに父と交際、連れ子がいることを承知で、私が三歳の頃に籍を入れたそうだ。

「おまえの母親はおまえの父親を裏切った。おまえの父親は私を裏切った。おまえには裏切り者の血が流れている」

妹たちがいる前で私を罵《のの》しった母の残酷さはそれだけではなかった。

「おまえは売女《ばいた》が、どこの誰の子かも分からずに身ごもった子なんだよ」

まだ感情形成の過程にあった小学生の私は、言われるたびに悲しみに暮れ、私を捨てた父や実母を憎んだ。

とはいえ、その事実を知らされて、三歳の頃まで祖母が同居していた自宅に、背が高い知らない女性を父が連れてきたことを思い出した。

その時やってきた女性こそが、私に暴力を振るう母であり、すでにお腹が大きかったから、その後生まれたのが上の妹である。

三歳児なら物心がついている子もいるのだろうが、私からはその程度の記憶も消滅しており、自分はこの粗暴な母親から生まれ、育てられたと思い込んでいた。

それ以降、妹たちは私が料理を作っても手を付けず、コンビニの弁当を食べるようになった。

母に生活を支えてくれるパトロンができ、妹たちは母から日々のお小遣いももらいだしたのだ。

それなのに私には一円もくれず、食費も与えられなくなったことで、私は冷蔵庫に入っている母が昼に食べたご飯の残りやカップ麺《めん》、家になにも残っていない時は、スーパーやコンビニでおにぎりを万引きしてどうにか飢えをしのいだ。

中学に行くと給食ではなく、弁当持参になるが、その弁当さえ私にはなく、つねに空腹だった。

それゆえ学校ではなにもする気が起きなかった。あまりに腹が減り、万引きすることが増えた。何度か捕まりそうになりながらも逃げ延びていたのだが、とうとう店員に見つかり、「おまえ、いつもやってるだろう」と警察に突き出された。

警察には母も呼び出され、自宅に戻るや母から「おまえの父親も泥棒だったけど、おまえにも泥棒の才能があったんだな。この泥棒が」と面罵《めんば》されたのは言うまでもない。

母は警察から注意を受けたようで、それ以後、昼食にパンを一つ買うくらいの小遣いをもらえるようになったが、私の極貧暮らしは変わらなかった。

二度と万引きで捕まるわけにはいかないと、夕食には、コンビニの裏のゴミ置き場から廃棄された弁当をあさった。

何度か見つかった。注意で済まされたこともあったし、持っていきなさいと許してくれる人もいた。

その頃には唯一、身近で血縁関係のあった祖母も亡くなり、みなしごも同然だった。薄汚れた服装のため、友達からも嫌われ、学校でもつねに一人だった。

漫画も買えなかった私のその頃の唯一の愛読書が、社会の授業で使った世界地図だった。

地図を眺めながら、大人になったら日本を離れ、暴力を振るわれたり、いじめられたりしないところで暮らしたいと考えた。アメリカには黒人差別があると知り嫌だった。今思えば差別はどこの国でもあるが、無知だった私はヨーロッパなら無いと思い、将来はフランス、イタリア、ドイツ、スペイン、イギリスなど海外で暮らしたいと妄想した。

　地図を見るのは好きでも、勉強はまったくできず、通知表の評価はすべて「努力しましょう」だった。ただ足だけは速く、運動会での徒競走でも小学校の頃から一位だった。スーパーやコンビニで万引きが発覚しても逃げ切れたのは、その俊足さ故であるが、足が速くても、何の自慢にもならない。

　あいにく通っていた中学に陸上部はなく、野球やサッカー、バレーボール部は人気があったが、球技をしたことがなかった私は、どの種目も苦手だった。

　そんな私を見かねて、救いの手を差し伸べてくれた人がいた。

「沼田くん、きみはサッカーをしたらいい」

　サッカー部の顧問をしていた体育の樫山高明《かしやまたかあき》先生だった。ボールなど蹴ったことがないと私が断ると、樫山先生はこう言った。

「どうやってパスすればいいかとか、ドリブルしようとか考えるから、難しく思うんだよ、ボールが蹴られたところに一直線で走る。きみのカモシカのような足に追いつく選手なんていないから、あとはゴールに向かって思い切り蹴ればいい」

　不安を抱えたままサッカー部に入ったが、おもいのほか楽しかった。スパイクや練習着は樫山先生がお古をくれた。遠征費など部費を払う必要があったが、先生はみんなに内緒だぞと言って、免除してくれた。

チームにはYというジュニアクラブから活躍していたミッドフィルダーがいた。Yが華麗な足技でボールを支配し、タイミングよく前線に大きく蹴る。

そのボールに私がディフェンダーより早く追いつき、ゴールを決める。体は細かったが、背は中学三年間で二十センチ、百八十センチまで伸びたため、ヘディングでも競り負けなかった。

樫山先生の守備を中心にカウンター攻撃するという戦術も実り、単純な攻撃でしか点が取れないのに、中学三年生の夏には市大会優勝、県大会でも準決勝まで進んだ。

卒業したら働くものだと思ったが、都内のこれからサッカーに力を入れていくという新設校から授業料免除の特待生という条件で、私とYはスカウトされた。

特待生は寮生活が義務付けられていたため、私を嫌う母も、厄介者がいなくなると進学を許してくれた。

だが私は高校進学を後悔することになる。

三年で全国大会に出場して学校の知名度をあげようと、二十人近くの有力中学生を全国からスカウトしてきたその高校のレベルは、私の想像を超えていた。短距離ダッシュは私が一番であっても、プレーになるとディフェンスに距離を取られたり、パスコースを読まれたりして、中学時代のように独走でゴールを決められない。いや、後悔した理由は実力不足だけではなかった。Yと同じ学校に進学したことだ。

中学からクラスの人気者で事情通だったYは、私の父がフィリピーナに貢いだ横領犯だったこと、私がコンビニで万引きして捕まったことまで知っていて、それを先輩たちに言い触らした。

いつしか私のあだ名は「ドロボー二世」になった。

辛《つら》い生活に逆戻りしたが、サッカーをやめれば、私には戻る宛がない。血も涙もない母や妹は家にも入れてくれないだろう。苦しくても続けるしかないと私はいじめに耐え、全体練習が終わった後も自主練を続けた。少しはボール扱いがうまくなり、紅白戦でセカンドチームにあげてもらえる機会が増えた。

私が高二の夏のインターハイ予選だった。

「明日《あした》は沼田をワントップの先発で使う」

前日の練習後、監督が私のレギュラー昇格をみんなの前で明言した。

私はその晩、胸がわくわくして寝付けなかった。一部屋に四つある二段ベッドの下の段が私の床だった。

夜更けまでにはどうにか眠れたのだが、目が痒《かゆ》くなり無意識に掻《か》いた。するとぬるっとした感触が手に触れ、さらに目を刺すような痛みが走った。

その時になって、クリーム状の湿布剤を瞼《まぶた》に塗られたことに気づいた。以前にも補欠の上級生が、下級生に同じいじめをやっていた。

無理して目を開けると、部屋から逃げていくYの後ろ姿が見えた。Yは別の部屋だった。

　こんな薬を目に塗って、失明したらどうするんだ。

　私は腹が立ったが、それよりも明日はデビュー戦だ。あんな馬鹿に気を取られていたら、すべて台無しになる。

　高校に入ってからのYは、中学では図抜けていたテクニックも通用せず、三軍クラスに低迷していた。Yはレギュラーに選ばれた私に嫉妬《しっと》したのだ。

　翌朝、まだ目がひりひりしていたが、私は夜中に起きたことは誰にも告げずにゲームに出る準備をした。

　初めてのゲームは最低だった。

　その日は三十五度を超える猛暑日で、立っているだけでも汗が流れてきてスタミナを消耗した。

　ディフェンスが最前線を張る私に高いボールを蹴《け》る。顔をあげると、太陽の光で、染み込んだ薬剤が湧き出てくるように目が霞《かす》み、トラップもできないまま相手にボールを奪われた。

　目を擦《こす》る度に瞳《ひとみ》がチクチクと刺された。途中からは目を開けることもできなくなった。

　相手のディフェンスに封じ込められ、手も足も出ないまま途中交代させられた。

　相手はノーシードのチームだったのに〇対一で敗退。試合後、監督もコーチもなにもできなかった私の顔すら見てくれなかった。

今思えば緊張していただけで、前の晩にYに塗られた薬剤は関係なかったのかもしれない。

まだ二年生なのだ。もう一度、下から這《は》い上がってレギュラーを目指せば良かった。それなのに私は冷静ではいられなかった。

翌日の練習後、Yを呼び出した。

「俺がそんなことをするわけないだろう。沼田は寝惚《ねぼ》けて誰かと見間違えたんだろ」

へらへらと笑いながらYはうそぶいた。サッカーでは完全に落第生になったYは、練習の無い日は繁華街で不良連中と遊んでいたから、喧嘩《けんか》の腕には自信があったのだろう。私が拳《こぶし》を握ると、「やるのか、来いよ、ドロボー二世」と指で誘って挑発した。

生まれてから暴力を振るったことはなかった私だが、飛んできたYの右のパンチを軽々とよけ、気が付くと右拳がYの鼻を捉《とら》えた。その後もYの反撃をかわしては、彼が意識を消失するまで殴り続けた。

さらに騒ぎを聞いて近づいてきたYの仲間にも熱くなって手を出し、彼ら二人を病院送りにした。

私には泥棒の才能だけではなく、喧嘩の才能もあったということだ。

しかし、その才能の代償は大きく、警察に通報され、傷害罪で逮捕。Yが全治半年の大怪我を負ったことで、少年院行きを命じられた。当然、高校は退学になった。

少年院での三年間、私は比較的、穏やかに過ごせた。

教官の指導は厳しく、椅子にじっと座って人の話を聞くのが苦手な私には、中学生程度の教科指導も、土木建築や車の整備といった職業指導も苦痛でしかなかった。

それなのに、居心地が良かったと感じたのは、私が二人を病院送りにした傷害行為が、ワル連中が集まる少年院まで届いていたからだ。その頃には身長はさらに伸びて一八五センチ、高校のスパルタトレーニングで筋肉質に肉体改造された私に、ちょっかいをだす者はいなかった。

私には血のつながった身内はおらず（少年院に入った一年後に、失踪《しっそう》した父は秋田で原因不明で死んだと連絡を受けていた）、育ての母親も保護者の役割を拒否し、一度も面会に来なかった。

中学の体育教師、樫山先生は面会を希望してくれたが、極貧で人生に絶望していた私に、アスリートとしての遣り甲斐《やりがい》を与えてくれたのに、厚意を無下にした。とても顔向けができないと私の方から辞退した。

身元引受人もいないため、「健全な心身を培い、社会に適応して生活するに必要な知識を得る矯正教育の修了には至らない」と、退院に時間を要した。

二十歳の誕生月を迎えた十二月、ようやく退院が認められた。

私には形ばかりの保護司がついた。その保護司のもとで、車の整備工場での仕事を与えられるが、そこは少年院とは異なり、同僚が私の作業着を隠したり、少年院帰りの私を番号で呼んだりと、集団で幼稚ないじめをしてきた。私の心はいつ出社拒否をしてもおかしくないくらい荒《すさ》んでいった。

ある休日、とくに用もなく、借りていたアパート近くの錦糸町《きんしちょう》の繁華街を彷徨《さまよ》っていると、ゲームセンターで遊んでいるYと再会した。

Yは私が現れたことに驚いていた。だがすぐに笑みを浮かべ「出てきたのか。退院おめでとう」と握手を求めてきた。

Yは足を引きずっていた。私から受けた暴力で、右足に障害が残ったらしく、そのまま高校を中退したそうだ。

初めて人に暴力を振るって頭が沸騰していたあの日のことを、頭の悪い私は忘却していたが、地面に大の字に伸び、反撃意欲がなくなっていたにもかかわらず、私はこの男に二度とサッカーをできなくさせようと、踵《かかと》に体重をかけてYの足を何度も踏みつけたことを思い出した。足がグニュッと曲がったのを感じたから、複雑骨折したのだろう。

「出てから、なにしてんだよ」

Yから訊《き》かれたが、いじめに遭っているとは惨めで口にできず、私はなにもやっていないと答えた。

「それならちょうどいい。俺、これまで何度も沼田のことを話してんだよ。喧嘩では自信のあった俺を秒殺して、病院送りにした伝説の強者《つわもの》がいるって」

からかわれているのかと思った。だがYはあの時の喧嘩がどれだけハイレベルだったか、それまで他校のヤンキーを一発で倒してきた自分のパンチを、沼田は私が簡単に受け止め、逆に沼田のパンチは速すぎて見えなかった、沼田ほど強いヤツはいまだに見たことがないなど、友達自慢をするかのように喋《しゃべ》った。

「仕事がないなら、俺が紹介してやるよ。悪くない仕事だ。沼田にぴったりだ」

Yの言うままに、彼のいう職場に連れていかれた。

そこには「三《み》ッ和《わ》一家矢代組」の看板が掲げられていた。

Yの伯父《おじ》が組長で、Yは高校を中退してから出入りしていて、まもなく盃《さかずき》をもらう予定だと話した。

紹介された幹部が「これが伝説の男か。よくきてくれたな」と笑顔で幹部室に迎え入れてくれた。

Yの口利きで、私はその日から部屋に住み込みになり、先に修業をしていた先輩を差し置いて、一カ月ほどで正式組員になれた。

そのYこそが、その後、伯父の跡を継いだ矢代組三代目組長である。

途中まで読み終えた正義は、一旦《いったん》、原稿を置き、両手を頭の上で組んで体を伸ばした。

ここまででおよそ半分、興味深い内容ではあるが、この時点での素直な感想を言えばかったるい。

沼田正樹の四十八年の人生のうちの約半分にあたる二十年が書いてあるだけで、タイトルにあるもう一人殺したという事件がいっこうに出てこないからだ。

——小林、結論は最初に書けと言ってるだろ。なに、もったいぶってんだよ。

初めて原稿に目を通した昨夜も、正義はこの段階で原稿を置き、小林に書き直しを命じた。同時に、筆が立つ小林がなぜ初心者のようなミスをするのか解せなかった。

小林は眉《まゆ》を曇らせて事情を説明した。

——僕としてもそうしたかったんです。ただ、沼田がどうしても話したことを順番通りに書いてくれと、条件を付けてきたので。

記事の書き方まで部外者にとやかく言われる筋合いはない。

とはいえ、今回に限っていうなら、本人の語り口調で書くことが、記事の内容に万が一誤りがあっても、週刊タイムズの責任にはならないという保険になっている。そのため沼田の意思を尊重しなくてはならない。

目の前では、正義が原稿を読み始めてまもなく出社してきた古谷も、小林の原稿を熟読している。

古谷は週刊タイムズきっての自信家だ。自己顕示欲が強いがゆえに、他の記者が取ってきたネタを評価せず、必ずと言っていいほど取材の甘さや記事の書き方に難癖をつける。

正義の倍の速さでページをめくっていく古谷は、読み終えると同時に、顔を綻《ほころ》ばせた。

「面白いじゃないですか。あえてもう一つの殺人を後回しにして、沼田の生まれ育った環境から書いたのは、正解だった気がします」

正義が注意した書き出しも、古谷は引っかからなかったようだ。

「面白いことには間違いないけどな」

最後まで読めば、沼田がどうして話した順に書いてほしいと言ったかまで理解できる。沼田は今回、千葉県の消費者金融の社長、浅越功を単独で殺し、遺体を遺棄した事実を世間に公知しようと試みた。

そして、この告白に出てくるYとは、去年の九月に三代目組長を襲名した矢代亘一《こういち》のことだ。

原稿を読む限り、死刑判決が出た半グレ殺人は、中学時代からの同級生である矢代亘一が正犯であり、沼田は罪を押し付けられた、あるいは別人が実行したのだろう。沼田が暗にそう訴えていることまで、最後には読み取れる。

新たな事件を告白することで、一審で死刑判決を受けた事件は冤罪《えんざい》だったことが明らかになる――そんな都合がいいことが起きるのか。正義も最初に小林から報告を受けた時は、到底信じられなかった。

それがこうして原稿で読むと、小林は単なる無罪主張の告白に受け取られないように工夫して記述している。いや、沼田自身も序盤に、判決が出た事件については割愛すると断りを入れている。

この原稿には沼田正樹と矢代亘一の奇異な人間関係、その詳細がちりばめられている。途中まで読めば、矢代亘一という男の残虐な人間性、それに対して沼田はどれだけの恨みを抱いたかが窺《うかが》い知れる。

それなのに少年院退院後の職場に馴染《なじ》めなかった沼田は、偶然、矢代と再会。矢代の言うままに暴力団事務所についていき、盃を交わす。一般の読者には理解不能だろう。

さはさりながら、そうなった沼田の心情は正義には理解できた。

彼は不遇だった。父親の犯罪、実の親だと思っていた女が継母であり、その継母のみならず、世話をした二人の妹からも毛嫌いされた。今の時代であれば、継母の行為は、児童虐待、育児放棄としてもっと問題視されただろう。

そうした環境のせいか、沼田にはカッとなると手を出し、抑えがきかなくなる未熟な一面がある。

死刑判決を受けた殺人事件以前にも、傷害で二度、実刑判決を受けた。その傷害事件の裁判では、弁護士は沼田の幼児期の環境からも起因する学習障害、発達障害が原因である、と情状酌量を訴えた。

そして後半の部分では、矢代亘一のような本家と血縁のある幹部候補生ではなかったのに、矢代組で沼田がどれだけ恵まれた知遇を得たのかが述べられる。通常、若い組員は兄貴分の世話をし、理不尽な命令を受けながらも、自分でシノギを探して上納しなくてはならない。それなのに沼田は、矢代の配慮で組長の運転手兼ボディーガードを務め、さらに闇携帯電話の販売や盗難車の外国への密貿易といった、すでに完成したシノギを任された。

そうやって後押ししてくれた矢代亘一が、天涯孤独の身だった沼田にとっては、天敵から心を許せる友へと変わっていったのは間違いない。

ところが、それがどのタイミングなのかは語られていないが、温情と受け取っていた矢代の行為が、すべて自分を利用するためだったと気づく瞬間が後半部分に書かれてある。

沼田が意図的に話を作って構成したとは考えにくいから、それがまさに彼の心の変遷、そのものなのだろう。

前半部分で語られる高校のデビュー戦前夜に矢代に薬を目に塗られたこと、矢代のそばで側近のように仕事をしながらも、その時の怒りは、沼田の心から消えていなかったということだ。

小林が調べたところ、塗られたのは今で言うサロメチールやバンテリンコーワアイシングといった市販薬であり、検索すると、「万一目に入った場合はすぐに水又はぬるま湯で洗ってください。症状が重い場合には、眼科医の診療を受けてください」と記されていた。関節や筋肉の炎症止めが目に入れば、視力の低下や失明に至る危険さえある。

自分は落ちこぼれになったのに、同じ中学出身の沼田はレギュラーに昇格した。それがうらめしくて、沼田のデビュー戦前夜に悪事を働いた。その上、試合の翌日、呼び出された矢代は、沼田を嘲笑《ちょうしょう》して、喧嘩《けんか》を吹っかけた。

そこで足が不自由になるほど叩《たた》きのめされた矢代は、沼田の天性の喧嘩の強さを、自分が跡取りになる矢代組で利用できないか、模索したのではないか。

シノギを与えたのも、やがて訪れる日のため。その日こそが、半グレ殺しの日で、その事件は沼田に罪を着せた別の組員の犯行だったとしても、浅越功を殺させた。矢代は、ヒットマンとして沼田を飼ったも同然なのだ。

「小林もよく摑《つか》んできましたよね。詐欺師のIT社長なんかの話を聞きに行くと言った時は、無駄なことをするなと叱ったんですけど、ここまでデカいネタに繋《つな》がるとは思っていませんでしたよ」

この話じたい、直接、沼田から編集部にアプローチがあったわけではない。

炎上商法のようなやり口でメディアに出ていた若手IT社長から、小林が聞いてきたのがきっかけだ。

詐欺罪で逮捕されて以降、それまでくっついていたマスコミは若手社長から一斉に引いたのに、小林だけは保釈後に会いにいった。

古谷は「そんな無駄なことするなよ」と非難したが、会いに来たことに気をよくした社長が、「拘置所でマスコミを紹介してほしいと死刑囚から頼まれたんだよ」と沼田の話を持ち出したのだった。

それを聞いた小林は迅速に行動に移した。死刑が確定すると、家族や弁護士以外は会えなくなるが、まだ控訴審前とあって、接見交通権を得た。二カ月で何度も面会し、告白記事を完成させたのだった。

「どうしたんですか、新見さん、浮かない顔をして」

心の迷いを古谷に見破られた。

「健太郎に隠しても仕方ないから、言うよ。俺はこの記事を載せていいか、まだ判断がつかないんだよ」

「どうしてですか、事実関係の裏付けはしたんですよね」

「もちろんだよ」

小林だけでなく、他の新見班の記者にも指示して、告白内容に嘘がないか洗った。

沼田は高二の七月、矢代亘一ともう一人の生徒に大怪我を負わせて、少年院に送致された。全治半年の矢代もそうだが、騒ぎを聞いてやってきた仲間を眼底出血させ、彼が一時期失明の危機に陥ったことも、重罪と判断が下された要因となった。

また矢代が沼田を誘って組に入ったのも事実である。

矢代の右足は今でこそ、普通に生活できるレベルまで回復しているが、暴力団組長でありながら、組員になる前に交付された障害者手帳を現在も保有している。

さらに沼田の父親が横領犯で、実母が戸籍に記載がないことも確認した。

「健太郎は読んで気になることはなかったか」

「そりゃありましたよ。どうして成人するまでの話が必要なのかとか。でも最後まで読んで、疑問は晴れましたけど」

「その疑問ってなんだ?」

「いろいろですけど、例えば喧嘩というと顔など上半身中心の怪我になるはずなのに、矢代は足に障害を負ったとか。それってこの告白に要りますか」

「その点も沼田の希望だ。事実関係は小林が確認した。成人して最初の傷害事件を起こした裁判でも、沼田がいかにむごい被害を過去に負わせたか、検事が高校での喧嘩の話を持ち出したのが記録に残っていた。沼田はここに書いてある通り、二度とサッカーをさせたくなかったと供述している」

「それじゃあ、新見さんはなにが気になるんですか」

「一つは、なぜ今頃ということだよ。最初の傷害事件の裁判では、高校の教諭は学習障害があったと証言しているけど、小林が言うには、沼田の話は的を射ていて、脱線することなく普通に話していたそうだ」

「事実だから話せたんじゃないですか」

「だとしたら余計に、こんなに控訴審が近くなる前に話さなくてもいいだろ」

「控訴審で一審が支持されたら、死刑が確定することを、最近になって知ったからじゃないですか」

三審制を採り入れている我が国は、控訴は誰でもできるが、最高裁への上告となると、新たな証拠でもない限りは棄却され、罪は確定する。

「普通は弁護士が、一審の段階で二人殺しは死刑になると教えるもんじゃないか」

「無知の沼田は教えてもらっても、よく理解できなかったのでは」

「いや、俺には沼田はそんな無知な男には思えないんだよ」

沼田という人物と会ったことがない正義だが、自信を持ってそう言えた。

「それに小林が『沼田は死刑を恐れているようには見えなかった。このまま死刑になっても構わない、と言った』と話していたのも引っかかるんだよ。小林はそのことを控訴審の先延ばしを目的にした自白ではない根拠にしていたけど、ここで新たな殺人事件が出てくれば、初公判日が決まった控訴審は、一旦《いったん》中止になる」

「控訴審のことまでは沼田は分からない。ただ死ぬ前に伝えておきたいと、懺悔《ざんげ》の念に駆られたんじゃないですか」

「ありえなくはないけど、究極の性善説だな」

「はい。都合よく考えるなと、新見さんから何度も言われましたね。失礼しました」

自信家の古谷が頭を下げた。彼が駆け出しの記者の頃、つねにありえないと思う方に体の重心を傾けておけ、そうしないと思い込みのまま突っ走ってしまうぞ——そう教えて鍛えたのが正義である。

「沼田に死刑判決が出ていなければ、悩まずに載せるけどな」

不安の萌芽《ほうが》はそこにある。

控訴審が近づいた被告が、確定判決を引き延ばすために嘘の犯行を供述した。捜査するかしないかは警察の判断だが、世論や死刑執行に反対する団体が騒ぎ立てる材料を、メディアが提供するわけにはいかない。

「他に自分ならこういう書き方はしないなと思ったのは、殺した金融会社社長の名前がイニシャルになっているくらいですかね」

古谷が会話を再開させた。

「それは俺の判断でそうしてくれと言ったんだ。小林は実名を書いてきたよ」

浅越功、「菊水ローン」の社長、罰金刑の前科がある。昨年から行方不明になっていることも調べはついている。

「どうして新見さんはイニシャルにしたんですか」

「それを聞き出すのは、警察の仕事だと思ったからだよ」

「なるほど。俺がデスクなら実名にしてました」

警察にとっては誰を殺したか自供させるのも裁判を進める上での大事な証拠になるが、それが実名表記にしなかった一番の理由ではない。やはりこの告白記事には、百パーセント気乗りしない気持ち悪さが生じる。

「新見さん、明後日《あさって》には校了ですよ。いまさら右トップをボツにして、新しいネタを出せと言われても、なにも出ませんよ」

左トップは他誌が先行しているお笑い芸人のゴシップの後追いなので、とても右トップに持っていけない。

「被害者の名前まで言ったのなら、どうやって犯行を実行したのかまで教えてほしかったけどな」

正義は頭の中を整理して、一つ明確に口にできる疑念に行き着いた。

「書いてあるじゃないですか。千葉《ちば》駅近くの『なお』と看板の出たスナックの空き店舗に、取引したいと持ち掛けてA社長を呼び出し絞殺した。遺体は雑木林に埋めたと」

「雑木林がある地名までは書いていないだろ？」

「小林はなんて言ってるんですか？　あいつのことだから沼田に尋ねていますよね」

「そのことは刑事に直接言いたいと話しているらしい」

「刑事に言うってことは、嘘ではないんじゃないですか。いい加減な供述では警察に相手にされないことは、少年院を入れて四度目のムショ暮らしをしている沼田にだって分かるでしょう」

沼田にだって……これまでも古谷の発言には、沼田は知能に問題があると揶揄《やゆ》する言葉が多数含まれる。告白記事にも沼田自身が、頭が悪い、無知だと書いているから、そう捉《とら》えるのも当然だ。それなのにこれだけ論理的に話したことで、なにか裏があるのではと疑いが働く。

いや、ダメだ。これでは部下の小林をまったく信用していない。正義はかぶりを振ってから、古谷に話しかける。

「俺だって、事実だと思ってるから、編集会議にかけたんだよ。だけど、うちの雑誌を読んで、プライドの高い警察が動くとは思えないんだ」

このままでは警察は動かない、とはいえ小林が遺体を遺棄した場所まで正確に聞いて掲載しても、裁判に堪えるだけの証拠にはならないと、捜査しないことも考えられる。浅越殺しはどのみち事件化されることはない……そう考えてしまうから、頭が痛くなるほど悩んでいるのだ。

「それならもう少しセンセーショナルになるように見出しを工夫して、うちのネット媒体からヤフーニュースやSNSに流せばいいじゃないですか。そうすれば方々から声があがって、警察だって捜査せざるをえなくなりますよ」

古谷が言う方々とは、死刑反対の人権団体やマスコミのことだ。最近は死刑を撤廃している諸外国のメディアまでが内政干渉してくるから、警察や検察といった司法のみならず、法務省までがナーバスになっている。

紙媒体は苦しいが、週刊タイムズでは近年ネットにも力を入れていて、『タイムズオンライン』では最近、月間一億PVも達成した。

ただしネットユーザーに多く見てもらうには、もっと激しい見出しをつけなくてはいけないだろう。

後半部分で小林は、早く死体を始末したかった沼田が、完全に死んだかどうかは確認しないまま土の中に埋めたと記述した。編集長がその部分を抜き取って、台割に《生き埋め》という語句を使ったため、記事の仮見出しも《私はもう1人、生き埋めにした》になっている。

だが仮に沼田が殺したのが浅越一人だった場合、生き埋めという残虐性が強調されれば、一人殺人でも再び死刑判決が出るかもしれない。

不確定な部分はできるだけ排除すべきだと、正義はゲラにする段階で、見出しを変えるよう編集長に進言するつもりでいる。

古谷と議論しても、頭の整理はつかなかった。そこへ小林が出勤してきた。走って階段を上がってきたのか息が切れている。

「おまえ、いくら今週の主役だと言っても、重役出勤はねえだろ」

古谷がからかう。もう正午を過ぎている。ほとんどの記者は取材で出払っているが、記事の中身について精査したいと、正義が会社に来るように命じた。

「しょうがないよ。小林は昨夜三時まで原稿書いてたんだから」

体育会系の性格で、体格もいい古谷が隣にいると、おとなしい顔で細身の小林はひ弱に映る。

「昨日のうちに読んだということは、新見さんも、昨夜は三時過ぎまで会社にいたということでしょ？　新見さんがもう来てんだから、小林だって来ないと」

原稿を提出した時、疲れ果てていた小林を先に帰し、正義は編集部に一人残って気になる点をチェックした。

帰ったのは東の空が白くなった六時を過ぎてからだ。自宅に帰ったものの脳が溶けそうなほど考えて眠ることはできず、朝食も取らずに九時には出社した。

とはいえ緊張で雁字《がんじ》搦《がら》めにされていたのは小林の方だ。どうしたら掲載できるかに悩み、右トップでの掲載が決まってからは、それにふさわしい内容にしなくてはと、プレッシャーに押し潰《つぶ》されていたに違いない。

そうした抑圧からまだ解放されていないから、硬い表情をしているのかと思ったが、違った。

「東京拘置所に行ってきました」

「おまえ、沼田に原稿を見せたんじゃないだろうな」

古谷が即座に反応した。原稿を取材相手に見せることは皆無ではない。ただし、そうしたケースでは必ずデスクの許可を得るのが週刊タイムズでの決まりになっている。

「そんなことはしません。原稿は持っていっていませんし、沼田から見せてほしいとも言われませんでした」

「じゃあ、なんで行ったんだよ」

「書き終えたことを伝えたかったのと、なにか伝え漏らしがないかを確認したかったんです」

正義は感心して聞いていた。記者というのは書き終えて掲載されると、その記事にどれだけ反響があるかばかりに気が行き、取材相手への連絡が疎《おろそ》かになる。

書きっぱなしが一番、取材記者がやってはいけないことだ。これだけのネタだ。当然、続報を考える。そのためにはいち早く、次に向かって動き出しておく。

「おまえ、たいしたもんだな。俺でも夜中に原稿を出して、朝から取材相手のところに行ったことはないよ」

古谷も褒めたが、厳しい先輩からの賛辞を受けても、小林の険しい表情は変わらなかった。

「どうしたんだよ、小林、そんな難しい顔をして」

「警視庁の若い刑事が、昨日、沼田に面会に来たそうです。沼田はもう一つの殺人について刑事に話したそうです」

「マジかよ」

正義の声が上ずった。

「その刑事ってどこの誰だよ」

「そこまでは沼田は教えてくれませんでした。けど警視庁の捜査一課と言いました」

「裏は取れてないんだな」

「残念ながら。職員に聞きましたが、答えられないと」

「答えられないということは、本当に来たんじゃないですか」

古谷が小林に向けていた視線を正義に動かす。

「そのこと、原稿に入れることは可能か」

小林が書いたプリントアウトされた原稿を持ち上げる。

「はい、沼田からは了解を得ました」

「よくやった。追記でいいから入れてくれ」

古谷にも「警視庁を取材して、捜査一課の刑事が動いているかどうか確認してくれないか」と指示する。

「聞いたって、警察は認めないですよ」

古谷でも強気にはなれなかった。ただでさえ、記者クラブに入っていない週刊誌に警察は冷たい。

「回答できない、でいいんだよ。うちが書くと知らせるだけでも効果はある」

「あとで文句を言われないためですね」

「それもある」

万が一、小林が嘘をつかれていたら？　その時でも週刊タイムズは警察に確認を取ったという証《あか》しになる。回答を拒否した警察にも非が生じる。

いや、生い立ちから事件までを詳しく話した沼田が、いまさら刑事が来たという嘘をつくとは思えなかった。そんなことをすれば、誰からも信頼してもらえなくなり、沼田は無抵抗のまま、やがて死刑が執行される。

「分かりました。電話を入れて、冷たい対応された場合は、捜査一課担当の記者に当たります」

「僕も書き終えたら、知り合いの新聞記者に聞いてみます」

昨夜の疲れが吹き飛んだくらい小林にも覇気が戻った。

刑事が来たことで、迷うことなく掲載できる。

血眼になって取材、執筆した小林の原稿を、慎重すぎる自分のせいで、あやうく延期にするところだった。

密《ひそ》かにライバル誌も沼田を取材していて、延ばした間に他誌に先に報じられていたらと思うとゾッとする。

正義は二人に気づかれないように、ため息を漏らした。

4

「森内、なんて軽率なことをしたんだよ」

信楽が復帰した二日後、洸は信楽とともに泉管理官に呼ばれて叱責《しっせき》を受けた。

2人殺した死刑囚が懺悔《ざんげ》の自白
私はもう1人、殺して埋めた

本日発売の週刊タイムズに沼田正樹の告白記事が載り、その最後に、警視庁の捜査一課の刑事が来て、金融会社社長のAを殺したことを話した、と書いてあったのだ。

今朝、出勤してきた信楽から「俺が休んでいる間に東拘《とうこう》(東京拘置所)に行ったか?」と聞かれ、「はい」と返事をしたが、その時には週刊誌の記事内容も知らず、信楽からもそれ以上問われなかった。

一昨日、検査入院を終えた信楽に報告しなかったのは、沼田は嘘を言っているわけではない、しかし本格的に捜査をするにはもう少し周囲を固めてみる必要があると、洸なりに慎重に判断したからだった。

「すみません、私が許可したもので」

篤実な内井係長が謝った。

「俺が森内に自分で考えて動けと言ったせいだよ。未決死刑囚とは聞いていたけど、俺のいない間に行くとは思わなかった」

その言い方に洸は同意できなかった。これでは自分が問題行動を起こしたみたいだ。

「僕は、捜査すると沼田に約束したわけではありません。本人にも、また聴く機会があれば来ると伝えました」

事前に沼田が殺害したと話している浅越功との間に、二人の関係性、いわゆる調べるべき端緒はあった。

だから会いに行ったわけだが、それでも信楽のもとで、二係事件という難しい捜査を担当してきたのだ。洸としても簡単に事件化できないことは弁《わきま》えている。

泉から、聞いた話をしてほしいと言われたため、洸は手帳を開く。

告白記事にも書いてある通り、浅越は六年前、矢代組組長で、当時は若頭だった矢代亘一が詐欺罪で逮捕された時に、同じ警察署に勾留《こうりゅう》されて知り合った。

その後、浅越の「菊水ローン」の取り立てを矢代組が請け負うなど、良好関係が続いていた。

ところが三年ほど前、矢代が海外のカジノで借金を背負い、組に内緒で、浅越に借金した。

その金を矢代は約束通りに返済しなかった。すると浅越は、矢代組と縄張り争いで対立する半グレグループ、ルカーズに債権を回すと言い出した。

ちょうど矢代が次期組長になれるかどうか、大事な時期だった。

矢代に恩義を感じていた沼田は、ひと肌脱ぐことにした。

浅越に「俺が矢代の借金を用立てるから、ルカーズに渡すのは勘弁してほしい。俺の顔を立てて会ってくれ」と連絡し、浅越が所有していた千葉駅近くの「なお」という看板が残っていた空き店舗で会うことになった。

あらかじめ空き店舗に潜入した沼田は、後から来た浅越に背後から近づいて絞殺した……。

「ほぼ記事に出てるのと同様ですね」

泉が信楽の顔を見る。

「ホトケをどこに埋めたのか、森内は聞いたか？」

信楽に訊《き》かれる。

「足立区《あだち》と聞きましたが」

「足立区のどこって言ってた？」

「竹《たけ》の塚《つか》署管内の雑木林です。地図でこのあたりだと言われました」

「地図まで出したのか」

「はい、いけなかったですか」

「仕方ない、それを見せてくれるか」

そう言われ、鞄《かばん》から地図帳を出して足立区のページを広げる。地図を見せながら沼田の指摘した場所に赤ペンで印をつけた。

信楽は一瞥《いちべつ》しただけだった。区全域の地図なので、この印だけで場所が特定されるほどではない。

「沼田は引き当たり（実況見分）に応じると言っていたか？」

「はい、そうしないと刑事さんも信用できないでしょうと話していました」

まさしくその通りで、証拠のない殺人・死体遺棄事件では、加害者しか知りえない遺体の隠し場所、いわゆる秘密の暴露が、その者によって実行されたという証拠になる。

「それにしてもこの沼田って男、警察の事情までよく知ってるよな。週刊タイムズにはあまり頭がよくないと、自虐して書いてあるけど」と泉。

「話した限り、自分には普通の四十代男性に感じられました。トレーニングジムでよく見かける鍛えられた体をしていましたが、マル暴という雰囲気もなかったです」

週刊誌の告白記事にもざっと目を通した。

幼少時から高校までの期間、不幸な運命を辿《たど》ったがために、暴力団員になるしかなく、結果、死刑宣告されたのだと言い訳がましく書いてあるようにも受け取れた。

だが内容はよく整理され、分かりやすく書いてある。

「弁護士が裏で糸を引いているということはありませんか」

悩ましげな表情の泉が信楽に尋ねる。

「あるかもしれないな。この記事を使って人権派マスコミを利用する気かも」

「嫌な展開ですね」

二人の会話が洸には聞き捨てならない。

「どうしてそんな心配をする必要があるんですか。管理官と部屋長は控訴審の引き延ばしの作戦だと考えておられるのですか。その点には、僕も最大限注意しました。調べた結果、嘘だと判断すれば、そこで打ち切ればいいだけの話ではないですか」

「そうはいかないんだよ」

信楽は苦い顔で首を左右に振った。

「どうしてですか」

「森内は沼田の一審が、意外と難しかったのは知っているか」

「いいえ、そこまでは」

「この記事に書いてあるような沼田の幼少時の話を弁護士が持ち出し、裁判官までが同情していた。もし沼田が潔く罪を認め、反省の意を示していれば、無期懲役の判決もあったと言われている」

「裁判官は同情的であっても、検察は死刑を求刑したんですよね」

「検事というのは過去の判例に沿って、求刑するわけだからな。沼田は一般人が住むマンションのエントランスで銃を使って殺したんだ。いくら相手が暴力団と同等の半グレであっても、二人殺して無期となると、過去の裁判の原則が、拘束力を持たなくなってしまうだろ」

死刑判決には永山《ながやま》基準と言われる、犯行の罪質、態様、年齢、前科など九つにわたる基準が設けられ、それに当て嵌《は》めて判決が出る。三人以上を殺せば死刑、一人なら無期懲役、二人はボーダーラインというのが量刑相場だったが、近年は残忍な被告には極刑を求める声が高まり、二人殺害イコール死刑という形式ができた。

「どうして部屋長は、そこまで沼田の事件をご存じなのですか」

沼田が起こした事件は、襲撃による殺人であり、二係とは関係ない。それに通常の二係事件でも、起訴されれば警察の役目は終了で、証人として呼ばれない限り、裁判に関わることはない。

「担当検事が知り合いなんだよ。俺の事件でずいぶん世話になったんだ」

二係事件は、別件逮捕の人物を殺人で取り調べることへの裁判所の許容度に影響を受け、さらには遺体発見という証拠を摑《つか》んでからも、自供頼りの捜査になる。そのため、検事や裁判所がどこまで味方をしてくれるかも、解決には大切な要因だ。

「部屋長は、せっかく知り合いの検事が死刑判決まで漕《こ》ぎ着けたのに、その検事に迷惑がかかると言いたいのですか？　自分も記事を読みましたけど、沼田は一審判決が出た事件について割愛すると書いていましたし、会った時も半グレ殺しについては一切、異議は唱えていませんでした」

「森内はさっき、『捜査するとは沼田と約束していないし、調べてこれが死刑逃れの嘘だと判断すれば、そこで打ち切ればいい』と言ったよな。果たしてそんなに都合よくいくかな」

「どのような不都合が生じますか」

「マスコミだよ」

「そんなの無視すればいいだけではないですか」

信楽は基本、取材には応じない。なにを訊かれても「分からないよ」で通している。

「部屋長が否定してもメディアは黙っていないよ。こうして週刊誌に出た。殺人を告白したのに、なぜ捜査しないのだと他のメディアが警察の怠慢を訴えてくる」

泉が信楽に付くように後押しする。

「その時は捜査すればいいではないですか。二人殺害が三人殺害になるだけの話だと思います」

「三人目の殺害が明らかになったことで、二人の殺害が無罪になることだって考えられるだろ」

そう言ったのは信楽だ。

「そんな偶然ありますかね」

「偶然ではなく計画されているかもしれないぞ」

洸には二人がいったいなにを心配しているか、さっぱり理解できない。

「ところで森内はどういった経緯で沼田に会いに行ったんだ？」

泉管理官に訊かれた。

「それは……」

問い質《ただ》されたが、洸は答えられなかった。

高校の先輩である吉沢の名前を出せば、刑務官の規則を破ったと、吉沢は処分を受け、最悪、刑務官をやめなくてはならなくなる。

「私や部屋長にも言えないのか」

穏やかな泉の顔が険を帯びる。洸は目を合わせられずに俯《うつむ》いた。

「森内にも事情があるんでしょう。泉管理官、今日のところはいいんじゃないか」

信楽が擁護してくれた。ただし、けっして味方をしてくれたようには聞こえなかった。

「本来なら、内井が聞いてから許可しなくてはいけなかったんですけど」

泉の指摘に、ずっと俯き加減だった内井係長がいっそう視線を下げた。

その後、洸は信楽に連れられて、検察庁に行った。

逮捕した後、警察は四十八時間以内に検察に送致し、検察が取り調べた上で、二十四時間以内に裁判所が勾留《こうりゅう》条件を満たしたと判断すれば、十日間、さらに延長が認められれば続く十日間以内で取調べを行う。そのため洸も検察に被疑者を連れていくことが幾度となくあった。だが知り合いというほど検事と深く付き合ったことはない。

検察の中でも、警視庁や警察庁のように係が分かれていて、捜査一課のカウンターパートにあたるのが本部係と呼ばれる。

本部係はとっつきにくい検事が多いが、数いる検事の中から信楽と同年齢の、朗らかな顔をした男性が現れた。

本部係の主任検事の、音無数成《おとなしかずなり》検事だった。ここに来るまでに信楽から、音無についての説明を受けた。

東京地検というと、否応《いやおう》なしに特捜部が脚光を浴びるが、経済事件や政治家逮捕で注目される特捜部と同じくらい、強行犯事件を扱う本部係の検事は重大な役目を担っている。

ほとんどの検事は警察の取調べ任せで、起訴に至らなかった時だけ文句を言ってくる。

音無は警察任せにせず、自分でも徹底的に調べる。ブツ読みの音無——証拠のことを「ブツ」とは言うが、警察では「ブツ読み」とは言わないため、洸は最初ピンと来なかった。そうした呼び名があるほど、音無は押収した資料等を念入りに調べ、確実に証拠固めしていく。ある意味、行方不明者届と捜査資料を何度も読み返しては事件を掘り起こす信楽とよく似ている。

「週刊タイムズを読み、私もびっくりしました。あれだけ慎重に沼田を取調べしたのに、私の前では浅越功なんて名前はひと言も出ませんでしたから」

当時の取調べを振り返る音無は何度も首を傾げていた。

「沼田は抗争相手の半グレ二人を一人で銃殺したんですよね。それくらいの強者《つわもの》でしたか」

信楽が尋ねる。

「強いのは間違いないです。マル暴界隈《かいわい》では、逆上したら手がつけられないと『狂犬』のあだ名がついていましたから。ですけど、記事にも書いてありますが、なんでもすぐ手を出す男ではないです。沼田が暴力を振るうのは余程の時、総じて仲間が卑怯《ひきょう》な手でやられた時です」

「二度目の傷害罪は、相手が武器を持っていたと書いてありますが、正当防衛にはならなかったのですね」

「沼田は熱くなったら止まらなくなり、相手が戦意喪失してもまだ攻撃を続けます。それが狂犬と呼ばれる所以《ゆえん》です。二度とも過剰防衛にあたると検察は判断しました」

「半グレ二人を殺したのも、相手が先に手を出したからですか」

「今回に限っては、沼田から仕掛けに行っています。拳銃《けんじゅう》を持って、半グレのボスの自宅マンションのエントランスに潜み、帰ってきたところをボディーガードを含めた二人の命を奪ったわけですから」

音無検事の説明に洸は矛盾を感じた。

少年院で恐れられ、組にスカウト同然で入ってからも組長の付き人をしていたほど腕節の強い男だ。どうして拳銃を使ったのか。拳銃の使用が、沼田の裁判での否認を裏付けるのではないか、と。

そもそも沼田はどうして半グレ殺しの凶行に至ったのか。仲間が卑怯な手でやられた時だけ手を出すのが沼田の犯罪の傾向ではなかったのか。

その推察は音無の説明で打ち消される。

「半グレに関しても、沼田には手を出す理由があったんです。ルカーズという集団は、本当に始末に負えない連中で、暴排条例で矢代組が身動きとれなくなって弱体化していくのをいいことに、シマに入り込み、違法薬物を勝手に売っていました」

「矢代組って、ヤクも扱っていたんですか」

週刊タイムズの告白記事によると、沼田が二十代の頃から、矢代亘一が指揮役となって、携帯電話の闇取引、盗難車の輸出、さらには株や不動産売買、金融会社、風俗店など広い分野に手を広げ、暴力に依存せずに金を集めるシステム作りをした。

その結果、他にも組長候補がいたが、矢代亘一が子供のいなかった伯父《おじ》の跡を継いだ。

違法薬物に手を出したとなると、昔の暴力団とまるで変わらない。

「最初に手を出したのは、法整備がされていなかった時代、町の至るところで堂々と販売された脱法ドラッグです。死者が出て社会問題となり、法律で取り締まられるようになった。それでも矢代組の中の一派は、せっかくの顧客を失うのはもったいないと地下に潜って販売を続けたんです」

「沼田が手を出す理由にどう関わってくるんですか」

「ルカーズの一人が、沼田が可愛がっていた後輩を引き抜こうとしたんです。その若いのは誘いを断った。するとルカーズは拉致《らち》して、半殺しにしたんです」

「それに怒ったわけですね」

「はい。沼田はルカーズのリーダーである葉村聖樹《はむらせいき》を射殺、その時、一緒にいた水木天羅《みずきそら》も狙撃《そげき》しました。使用した銃の装弾数は八発ですが、そのすべてが二人の体に命中しています。沼田が銃を使ったのは初めてだと見ていますが、たいした腕前です」

「昔、練習したと週刊誌に書いてましたね」

「今回もしたかもしれません。ほぼ黙秘だったので、言質は取れていません」

「そのあたりも計画性ありと検事は見たわけですね」

「はい、我々だけでなく、裁判官もそう判断しました」

　それで一審は死刑判決が出た。それが出たのが今年一月十四日である。それから控訴審まで一年の歳月がかかっている。そのことを疑問に思った洸は、音無に尋ねてみる。

「通常、控訴審の審理は三〜六カ月ですよね。今回これだけ時間がかかったのはどうしてですか」

ずです」

「それは暴力団事案だからです。こうしたヒットマンが疑われる事件では、指示者との共謀が争点になります。控訴審を担当する高検検事も、その点は念入りに調べているはずです」

「検事はすでに正犯はいないと調べたわけですね」

顎《あご》に手を当てて聞いていた信楽が質《ただ》す。

「はい。私自身、正犯の有無が裁判の鍵《かぎ》を握ると思っていました。そのため沼田にも『本当にあなたが殺したということでいいのですか』『このままだとあなたに死刑を求刑せざるを得ないですよ』と忠告しましたが、沼田はなにも答えませんでした。法廷でも、誰かの命令で動いたのかという問いには返答なしです」

「命令した誰かというのが、今回の週刊誌にYとして出てくる、矢代亘一ですね」

「その通りです。ありうるとしたら矢代しかいません。ですが矢代組の誰に聞いても、矢代が沼田に命じたという証言は取れなかったです。地位こそ事件当時は若頭とヒラの組員でしたが、矢代と沼田は対等だったと話す者も多数いました」

「そうした関係性は今回の告白記事にも散見されますね」

「ただし控訴審の開始が延びたのは、弁護士が変更になったことも関係しています。控訴したのは前の弁護士で、今の国選の弁護士はあまりやる気はないようでして……ただでさえ控訴中立書はすぐに出せても、控訴趣意書は簡単には作成できませんので」

控訴中立書とは一審判決が不服であるという文書、控訴趣意書とは原判決のどこがどう間違っているのか、細かく説明したものだ。

「今回の記事は、ルカーズ殺しは自分はやっていない、矢代が誰かにやらせたとでも言いたげに読み取れますが、逮捕から一年半も経って急に別の事件を自供した心境の変化を、音無検事はどう見ていますか」

「見当もつきません。沼田は弁護士に言われて控訴はしたものの、ルカーズの二人を殺した罪については、受け入れたものだと思っていましたから」

音無の説明を洸はメモを取りながら聞いている。すると音無検事から「森内くんはなにがきっかけで、沼田に会いに行ったのですか」と訊《き》かれた。

信楽や泉の前でも話せなかったことだ。検事に言えるわけがない。

「その件については、彼は話したくないようなんです」

信楽が口添えする。

「話したくないわけでは……」

洸は言いかけたが、それ以上言葉は続かない。

音無も問い質《ただ》してくることはなく、二人は再び沼田の半グレ殺しについて語り始めた。

情報源を明かせず、まずい立場に追い込まれた洸はその間、一切、口を挿《はさ》まなかったが、心の中では抗議していた。

二人とも論点がズレていますよ。なにも自分は、死刑判決が出た半グレ事件について沼田を問い詰めたいわけではありません。沼田が求めているのは行方不明になっている浅越功殺しの事件化です。沼田を調べて、彼の望み通り、引き当たりをして、現場から遺体を出せばいいだけではないですか……。

沼田はそのために、気弱そうな、あるいは吉沢のような若い刑務官を狙って、深夜トレーニングという迷惑行為を続けた。吉沢の前任者はノイローゼになり、吉沢も手に負えずに困った。

たまたま自分が吉沢のサッカー部の後輩で、二年前のOB会で、捜査一課にいることを話したから、吉沢も勇気を振り絞って連絡をくれた。

その行為は拘置所の規則に反するが、庶務担の係長の許可をもらって会いに行った洸の行動は、二係捜査の担当刑事として当然の義務を果たしたに過ぎない。

行方不明者と被疑者の端緒を結び付けるのが自分たちの仕事である。死刑宣告された被告が、端緒どころか、事件の概要をすべて供述すると言っているのだ。自分は間違ったことは一分もしていない。

週刊誌が取材していたことは、吉沢も知らなかったようだから、仕方がない。ただ唯一の痛恨があるとしたら、自分が来たことを他言しないように、沼田に口止めしなかったことだ。マスコミに漏らしたら、捜査じたいができなくなりますよと、忠告しておくべきだった。

けっして完璧《かんぺき》だったとは言えないが、行方不明になった浅越功の遺体を発見し、事件の全貌《ぜんぼう》を明らかにすることが二係刑事の使命だと、洸は自分に言い聞かせる。

「音無検事は今回の記事を読んでどう思われましたか。沼田は別の殺人事件も起こしていたと思っていますか」

信楽が、洸が訊いてほしいことを質問してくれた。洸は息を呑《の》んで音無の答えを待つ。

「調べてみないと分かりませんが、ありえなくはないと思ってます」

期待していた回答だった。検事がこう言えば、信楽も動かざるをえない——そう確信したが、優しい眉尻《まゆじり》が吊《つ》り上がったと感じたほど、音無の表情が変わった。

「ですけど今回の告白が、一審の死刑判決に異議を唱えるものであるなら、私は認めません」

「どういうことですか」

口調まで変化したことに当惑しながら、洸が訊き返した。

「簡単なことです。私は自信を持って沼田の犯行だと決定を下しました。一ミリの疑いでもあれば死刑を求刑していません」

「それは大変失礼しました」

洸は頭を下げる。だが戸惑いはそれだけではなかった。捜査に慎重だと思っていた信楽がこう言ったからだ。

「沼田を取り調べたいと思うのですが、音無検事は賛成していただけますか」

「えっ」

洸は思わず声をあげる。

「もちろんですよ。一つの埋もれた殺人事件が解決するかもしれないんです。ぜひやってください」

　表情は強張《こわば》ったままだったが、音無検事は認めてくれた。

　検察庁から警視庁までは徒歩で十分もかからない。その帰り道、洸は、信楽が捜査にゴーサインを出してくれたことが嬉《うれ》しくなり、永遠に鍵《かぎ》をかけてしまっておくつもりだった秘密を明かそうとした。

「部長、今回、自分がどうして気づいたかですけど……」

　吉沢から聞いたのだと話そうとするが、言う前に遮られた。

「泉の前でも話せなかったことだろ？　そんなことを俺に言って、俺まで秘密の共有者に巻き込まないでくれよ」

「い、いえ、はい、すみません」

　信楽の反応を冷たく感じる。

　ただ、よくよく考えてみると組織人としては信楽の発言は当然だ。泉の前でも、信楽は話せとせっつかなかった。ただそれが許されたのは、泉がかつて信楽のもとで二係捜査をしていたという二人の関係性があったからだ。

　同じことを捜査一課長から言われたとなると、信楽も味方できなかっただろう。

「おっしゃる通りですね、部屋長に迷惑をかけるところでした。すみません」

「俺は責任逃れをするために、言うなと話したんじゃないぞ。俺に話せることなら、他も信用しなきゃ。二係捜査は俺と森内の二人だけど、俺たちは警察というチームで仕事をしてるんだ。検事だって同様だよ。どうしても話せないのであれば、森内の心の中で止《とど》めておくべきだよ」

「はい、わかりました」

そう返事をするしかなかった。

「森内は東京拘置所に連絡して、沼田に会う手筈《てはず》を整えてくれるか。三日は時間がほしいな。それまでもう一度、浅越功の行方不明者届を確認しよう」

信楽はそう言ったが、本当に信楽は沼田の犯行を信じているのか、洸が調べたことを端緒だと感じてくれているのか、心模様までは見えなかった。

三日後、信楽とともに東京拘置所に行き、沼田正樹を聴取した。

前回会った時にも思ったことだが、坊主頭にした顔は小さいが、首から筋肉が隆起していて、胸板が厚く、喧嘩《けんか》は強そうだ。だからといってヤクザのイメージとは程遠く、顔付きは普通の人よりも弱々しく見える。

沼田は洸に話した時とほぼ同じ内容の供述をした。

ただ刑事が二人だったせいか、それとも若造だけでなく、ベテランの刑事も来たことに本気で警察が動き出したと感じたのか、洸に言わなかったことも明かした。

千葉の飲食店の空き店舗で用意した紐《ひも》で浅越を背後から絞殺、酔っ払いを介抱するかのように肩を組んで近くに停めておいた車の助手席に乗せた。

途中、高速に乗る前に車を路肩に停め、念のために両手と口を車の塗装前に使う幅広のマスキングテープで止めた。

そして二日前に長さ一メートル五十、深さ五十センチほどに掘っておいた雑木林の穴に、浅越を埋めた。大方、雑誌にも載っていた内容だが、拘束にマスキングテープを使ったことや、穴の大きさは記事に記載はなかった。

信楽から連絡を受けた泉がすぐさま一課長に報告。そこまで供述しているならという一課長の判断で、翌日、警視庁捜査一課は、沼田同行のもと、実況見分を行った。

雑木林と話していたが、その場所は開発整備が始まっていて、いずれ大型マンションが建設されるらしい。

そのことを事前に調べていた洸は、ユンボを用意した。

去年は腰の高さまで雑草も生えていたという荒れた林が、樹木が伐採されていたことで、沼田は即座にここだと指定はできなかった。

それでも、このあたりだと指を差した十メートル四方の範囲の土中から、皮膚や内臓の大半が残った腐乱死体が出た。

供述通り、遺体には頭蓋骨《ずがいこつ》や腕の骨のあたりにテープが巻きつけてあった。土で汚れていたため最初は判別がつかなかったが、よく見るとガムテープではない、青色のマスキングテープだった。

信楽が泉に連絡。この段階では殺して埋めたのか、それとも死んだ人間を埋めただけなのか判断がつかないため、通常は死体遺棄容疑のみで逮捕状を請求する。

だが、なぜか逮捕は見送られた。

それが洸には想定外だった。

5

先代の組長と親子盃《さかずき》をかわし、正式に矢代組の組員になった私に与えられた仕事は、部屋の住み込みだった。

任侠《にんきょう》映画などでは部屋の住み込みを嫌う若い衆をよく見るが、住み込みは組に四六時中いるわけだから、組への忠誠心が強く、執行部からの信頼がある者、それでいていつどこの組が襲撃してきても逃げ出さない、肉体的にも精神的にも強い人間に任される、いわば名誉職である。

金がなく、借りる住居費にも苦労していた私にはありがたかった。

住み込みを二年勤めあげると、先代組長の運転手を三年やった。

これはさらに信頼がないとやらせてもらえない。襲撃を仕掛けてくる相手への情報というのは概《おおむ》ね身辺から漏れる。

ただ先代は、私を一度も疑ったことはないのではないか。

家族もなく、Yを除けば友人らしき者もいなかった私には、組長にかしずくこの任務は性に合った。

昼夜構わず働いた。どれだけ朝の早い仕事で一日が始まり、夜に組長が繁華街を飲み歩き、その後は仲間と徹夜マージャンをやったとしても、居眠りどころか欠伸《あくび》一つせず、雀卓《ジャンたく》のそばで怪しいものが突入してこないか、まなじりを決して見張った。万が一、鉄砲玉が飛び込んできた時には、組長の前で両手を広げて盾となり、弾除《たまよ》けになる覚悟でいた。

部屋付きや運転手は派手に遊べるわけではなく、地味な仕事ではあるが、そのおかげで、私はヤクザ者が必ず苦しむ毎月の上納金に困ることはなかった。

当時は暴排条例が制定される前だが、すでにヤクザが住みにくい時代に変わりつつあった。

そこでヤクザの古い体質を変え、株や不動産売買、金融会社、風俗店など広い分野にフロント企業を使って手を出し、目立たぬように水面下で資金調達できるように組織全体を変えていったのがYだった。

二十五歳の頃、私は運転手の任務を解かれた。正直、どのように今後、上納金を支払うのか途方に暮れたが、そこでもYが助けてくれた。

Y自身が開拓した、借金で首が回らなくなった債務者を使った飛ばしの携帯電話や、盗難車両の売買のシノギを与えられた。盗難車の場合、車種にもよるがあらかた五万から十万で購入した盗難車に、五万ほどで買った偽装ナンバーを付け替えて、海外のブローカーに五十万から百万で売る。

どちらも私が携帯電話を集めたり、車を盗んだりしたわけではない。組と盃を交わしていない不良グループがやるだけで、私の仕事といえば帳簿を確認して、金を組に届けるだけ。Yからは週に一度でいいと言われていたが、私は毎日、本部に金を運んだ。それぐらい組に忠義を立てた。

そうした結果、若いのが金をちょろまかす不正を見つけた。

本来ならこうした掟《おきて》破りは上層部に伝えるべきだが、私は彼らを注意するだけで、二度としないことを誓わせた。金がないといった事情を知ると、飯を食わせ、小遣銭を渡した。私には、後先考えずに不正を働く彼らが、中学生の頃の捨て鉢になっていた自分と重なって見えたのだった。

私はYと行動をすることが多くなった。

すでに組では若手のまとめ役になっていたYには、ちょっかいを出してくる他の組織の連中が多くいた。

相変わらず足は悪かったYだが、自分のことを同じように足が不自由ながらマフィアの親分に上りつめた「ジョン・ゴッティ」だと言い、ほぼ上半身だけでやっつけてしまうほど、喧嘩は強かった。

だが相手が格闘技経験者や、武器を使ってくる者だとそうはいかない。

そんな時が私の出番である。

私は一、二発、わざとダメージのないところにパンチを受けてから、反撃に出て、そこからは赤子の手を捻《ひね》るようにやっつけた。先に手を出してきた以上、相手が警察に駆け込むことはない。

私には熱くなると正気の沙汰《さた》ではなくなってしまう悪い癖はあったが、Yの前では冷静さを失わずにいられた。それはやはりYを痛めつけた過去が脳裏に残っていたせいだと思う。少なくともYの前では私は自分をコントロールできた。

それが二十七歳の時、私のタガが外れた。

私のことを慕っていたまだ二十代前半の組員が、未成年のチーマーと呼ばれる連中に待ち伏せされて暴行を受けた。その知らせを聞いた私は頭に血が上り、チーマーのアタマの家に行き暴行、五分ほどの短い時間だったが、頭蓋骨骨折の重傷を負わせ、相手の家族から通報を受けた警察に逮捕された。

先に手を出したのが被害者側だったし、弁護士が精神鑑定を請求し、私には学習障害、発達障害があり、知能指数も極めて低いという結果が出た。それでもヤクザが未成年相手にそこまで本気で手を出すこともない、他に解決方法はあったはずだと裁判長に諭され、懲役二年六ヵ月の実刑判決を言い渡され、服役する。

刑務所では模範囚で仮出所できたのだが、出所日にはYがわざわざ仲間を連れて迎えに来てくれた。

私は軽率なことをして悪かったとYに詫《わ》びたが、「沼田は組のために生意気な連中のアタマを倒した、おかげであのグループは解散になった」と感謝され、放免祝いを開いてくれた。さらに逮捕前と同じシノギが与えられた。

つねに新しいシノギの開拓を余儀なくされ、汲々《きゅうきゅう》としていた他の組員は、私ばかりなぜ贔屓《ひいき》されるのか、不満に思ったのではないか。

これで私が飲む打つ買うの豪遊でもしていたら、私のせいで組はばらばらになっていただろう。

しかし私は派手な遊びにまったく興味がなく、金のない若い衆に飲み食いさせたり、家に泊めてやったり、今月の吸い上げ（上納金）が足りないと困っている者には金を融通したりした。

なにも若い衆にいい顔をしているわけではなく、むしろ自分だけ楽をさせてもらい、申し訳ない気持ちでいた。

Yは私の最初の服役中に、結婚して所帯を持った。

私は独身で、それまで関係した女性は何人かいたが、すべて商売女であって、恋人と呼べる女は一人もいなかった。

二十年ほど前のある日、Yに誘われた食事の席に、女性がいた。

最初はYの何人かいる愛人の一人かと思ったが、見た感じとてもヤクザの情婦には見えず、どこにでもいる普通の女性だった。

ミカ（仮名）は、女性との会話が得意ではなかった私に気を遣い、いろいろ話しかけてくれた。

三人で食事をして、二時間ほど過ぎた時だ。ミカがトイレに行ったところで、Yが「仕事が入った。このあと、ミカを家まで送ってやれ」と数万円を渡し、店を出ていった。

戻ってきたミカはYがいないことに困惑しているようだったが、私が事情を話すと、少しは会話に慣れた私に、三十分ほど付き合ってくれた。

Yに言われた通り、私はミカを、彼女の住むアパートまで送った。

彼女から上がってお茶でもと言われ、私は言葉に甘えて、部屋に入った。

彼女はYの友人だ。もしかしたら情婦かもしれない。

それまで商売女しか知らなかった私は、一人暮らしの女性宅に入ったのはその歳になって初めてだった。

いくら女性に疎いといっても、私も男だ。二人きりになると理性が抑えられなくなり、彼女に迫った。

少しでも嫌がられたらやめるつもりだったが、彼女は私を受け入れてくれた。

その日はそのまま帰ったが、自分はYを裏切る行為をしたと思い、翌日に謝罪した。

「やっぱりくっついたか。俺は沼田にはぴったりだと思ってミカを紹介したんだ。おまえがトイレに行っている間、ミカに訊《き》いたら、ミカもおまえに好意を抱いていたから」

Yが女気のなかった私にお膳立《ぜんだ》てしてくれたのだ。

その後もしばらくの間、ミカとの交際が続いた。といっても不器用な私はデートらしいことはできず、彼女の家に行き、泊まるだけ。彼女はつまらなかったに違いない。

そんな頃だった。組に顔を出すと、殺気立ったような空気が漂っていた。

どうも私の知らないところで、対立する暴力団との抗争が起き、このままでは大事な縄張りを奪われる窮地に陥っていた。ところが鉄砲玉として用意していた若い衆が突如、逃げ出したというのだ。

組員たちは自分が指名されるとびくついていた。その中には私を慕う、行儀見習いからやっと抜け出た新米もいた。

そんな人間にハジキを持たせても、正確に撃つことすら難しい。逃げ切るのは至難の業だ。捕まればリンチに遭って殺されるのは火を見るより明らかである。

幹部室からYが出てきた。

意を決した私は前に出て「俺がやるよ」と言った。

「いいのかよ、沼田」

「俺だけがぬるま湯に浸《つ》かっていたら、若いやつに示しがつかない」

「本当に沼田は漢気《おとこぎ》があるな。恩に着るよ」

Yから両手を握られた私は、その後、拳銃を渡され、実行日までに田舎の山に行き、射撃の訓練をした。

実行日は刻一刻と近づいてきた。私としての唯一の無念は、逮捕されればミカと会えなくなることだ。

殺しとなれば十五年は食らう。

だが最初から、ヤクザで前科者の自分に、堅気のミカと所帯を持つ資格はなく、遠からぬ別れを予感していた。それなら今がちょうどいい頃合いかもしれない。これ以上、一緒にいれば情が深くなりすぎて、組のために命を捧《ささ》げられなくなる。

実行する前日まで彼女と会い、彼女の肌のぬくもりを抱いたまま、冷たい牢獄《ろうごく》の中での生活を耐え抜こうと気持ちを切り替えた。

それなのに初めての殺人を実行する日が訪れることはなかった。

三日前、私は若い組員と飯を食っていた。トイレに行ったきり、帰ってこないのを不思議に思って様子を見に行くと、洗面所のある店の裏庭で、若い組員がストリートファイター気取りの顔に入れ墨をいれた男と格闘していたのだ。

それだけなら手出しはしなかった。

「よし、やっつけろ」

私は若い組員を煽《あお》っていたくらいだ。

ところが途中から防戦一方になった入れ墨男がポケットからメリケンサックを出し、反撃に出たのだ。

「おい、卑怯《ひきよう》なことをするな」

私は止めに入ったが、今度はメリケンサックを嵌《は》めた拳《こぶし》を私に向けてきた。秘密兵器も私の前では役に立たなかった。

私は難なく避《よ》けた。そして続けざまに拳を振り回してくることで、私の悪い癖が出た。気づいた時には入れ墨男を意識不明の重体にしていたのだ。駆け付けた警察官に現行犯逮捕された。

相手が武器を使ったこともあり、自己防衛するのは致し方がなかったという温情の声もあったが、仮釈放中だったことで、合わせて三年の懲役となった。

その時、真っ先に感じたのがYに対する申し訳なさだった。

私は三日後に、鉄砲玉として対立する組織の幹部を殺《や》る予定だったのだ。

後になって弁護士から聞いたのだが、私の代わりとなる鉄砲玉は見つからず、組は泣く泣く縄張りから手を引いたらしい。

今度ばかりはYは許してくれないだろう。

エンコ詰めのような古い仕来りは矢代組にはなかったが、金で弁済するルールになっている。

私に自ら開拓したシノギはなく、濡《ぬ》れ手で粟《あわ》で得た金を上納していただけ。出所しても私に資金繰りの目処《めど》はない。

救いは服役後に面会に来た弁護士から、Yは怒っていない、ゆっくり過ごせと言っていると伝えられたことだった。

一方で残念なこともあった。服役中、ミカは一度も面会に来なかったことだ。ただそのことは最初から覚悟していたことであり、私自身が望んでいたことでもある。他の男を探して幸せになってほしいと塀の中から願った。

模範囚として刑務所内では炊事係や清掃係の作業を与えられたが、組を抜ける意思を示さなかったことで、今回は刑期一杯を務めることになり、そして出所後は矢代組に戻った。

その時は出迎えには来てくれなかったYだが、弁護士が言った通り、怒ってはおらず、服役前と同様のシノギを得た。

たった三年、シャバにいなかっただけというのに、出所してきた時には隔世の感を禁じえなかった。暴力団に対する新しい法律施行に向け、警察の取り締まりがより厳しくなり、ヤクザには世知辛い時代に変化していた。

その後の十余年間で、暴排条例が施行され、矢代組もフロント企業が次々と摘発される。そのたびに頭の切れる人間が抜けた。

先代は心臓を悪くして実質引退したのも同然、長く仕えてきた組長代行と、若頭のYの二人による跡目問題で組は揺れ動いていた。どちらも決め手はなく、双頭政治がしばらく続いていた。

血縁関係にあるYにスムーズに移譲されなかったのは、集めた金を分けずに、自分だけ贅沢《ぜいたく》していたYに、若い組員から不平不満が出ていたことも大きい。

また半グレという、新たな抗争相手が出てきたのも厄介だった。とくに覇権争いをしてきたルカーズという組織は、やり手の組員を次々と襲撃して、組を弱体化した。

今度こそ自分の出番だと腹を決めた私に、Yが別の相談をしてきた。

Yは数年前に詐欺罪で逮捕されたのだが、勾留《こうりゅう》中に千葉で闇金をやっているA社長と知り合い、キリトリ（借金回収）を手伝っているらしい。

「商売が広がって良かったじゃないか」

私は喜んだが、Yの顔色はすぐれない。

「実はな、沼田……」

元よりギャンブル依存症であったYは、海外のカジノで借金を背負った。その返済に組長代行に黙って、フロント企業名義で所有する不動産を担保にA社長から金を借りた。

それだけでも幹部に知られたらYは次期組長になれなくなるというのに、あろうことかYは借金を返済しておらず、怒ったA社長は担保にした不動産を、対立するルカーズに売り渡すと言っているというのだ。

そんなことになれば組長襲名がなくなるどころではない、Yは組を去らなくてはならない。

「俺がAから借用書を取り返してやるよ」

私が言ったのはそのセリフだけだが、取り戻す方法は一つしかないことはYに伝わったはずだ。

「だけど今回だけだぞ。本来ならおまえが自分で始末をつけるべきだ」

「助かるよ。ハタチの頃、沼田を組に誘って良かったよ」

なに言ってんだ、最初からこういう時のために俺を誘ったくせしやがって。私はうんざりしたが、口には出さずに、都内のドヤ（簡易宿所）に潜った。

そしてAに連絡を取り、Yの不始末を詫《わ》び、私が代わりに払うので、Yの借金を帳消しにしてほしいと頼んだ。

Aは私のことを知っていた。仲間のために過去二回、服役したこと、そしてそれなりの貯金を持ち、若い衆の世話をしてきたことなど。

Aが所有する、「なお」と看板が残っていた千葉駅近くの飲み屋街の一角にあるスナックの空き店舗で会う約束をした。

私は約束した午後十一時の一時間前には裏口から店内に忍び込み、どうすべきか作戦を練った。

Aは居抜きで貸すつもりのようで、バーカウンターが残っていた。

カウンターの下に潜んでいればAは気づかない。約束した時間が訪れるのを今か今かと待った。

時間通りにAがやってきた。Aは私が来ていないと思い、店の奥のテーブル席に向かってタバコを吸い始めた。私は背後から忍び足で近づき、持っていた紐《ひも》で首を絞めた。

Aの意識が途絶えると、彼のポケットを探る。Aは約束した通り、借用書を持ってきていた。

これさえ手に入ればAには用はない。付近に誰もいないのを確認し、酔っ払いを介抱するように肩を組んで店を出て、店近くに停めてあった車の助手席に乗せた。

初めて人を殺して感じたのは、人間はこんな簡単に死ぬのかということだった。

だが興奮状態にあった私は、Aの心臓が完全に止まったのか確かめなかった。それくらい初めて人を殺《あや》めた行為に、恐怖が先立っていたのだ。

信号で停止中、Aがピクリと動いたことに、私はうわっと声を出し、そっくり返りそうになった。

車を路肩に移動させ、用意していたテープでAの手を拘束、口も塞いだ。そして二日前に来て、あらかじめ掘っておいた穴に、Aを投げ入れ、土をかけて埋めた。

まだAに息があったのかどうかは分からない。車内で動いたことすら私の気のせいだったかもしれない。

今振り返れば、確認すべきだったが、誰にも見られず、一刻も早くこの場を去りたかった私に、その考えは浮かばなかった。

それが去年の六月六日。

そう、私がルカーズのリーダーとボディーガード役の二人を拳銃《けんじゅう》で射殺したことになっている六月七日の前夜のことである。

私はドヤに戻った。

しばらく誰とも連絡はしないと決めていた。

そして六月九日の朝、ドヤに複数の刑事がやってきて、私は殺人容疑で逮捕されることになる。

最初から逃げ切れるとは思っていなかった私は、ついに来たか、それにしてはこんなに早く来るとは警察はどれだけ有能なんだ、と他人事《ひとごと》のように感心していた。

だが刑事が言った言葉に耳を疑った。

殺人容疑の被害者がAではなく、ルカーズのリーダーである葉村聖樹（当時二十八歳）と、メンバーである水木天羅（当時二十四歳）だったからだ。

私は成人して三度目となる手錠がかけられた。

だがこれまでとは違って、手錠は重く、二度と腕から離れないように感じた。

それは殺人罪だったからなのか、それとも他に理由があったのか、今も私は理解に至っていない。


【追記】

繰り返すが、この記事を執筆したのは、私がこの一年半の間に隠していた、もう一つの事件を明らかにしたかったからである。

これまで幾度となく刑務官に訴えたが、まともに取り合ってもらえなかった。

ところが先日、警視庁捜査一課の若い刑事が私のもとに来た。私はその刑事に、金融会社社長のＡを殺したことを明かした。

警察が被害者であるＡのためを思えば、真剣に耳を貸し、事件に取り掛かるだろう。

そう思いながらも一方で、死体遺棄場所まで聞いておきながら、捜査はしないのではないか、そんな疑念も抱いている。

警察がこの後、どういった動きをするのか、私は命ある限り、見守っていきたいと思っている。


（完）


新見正義は発売号を手に取り、沼田正樹の告白記事をもう一度読み返した。

大事なことは最初に書けと言ってきたが、この記事についてはこの順番で正解だと改めて思う。

最初は沼田正樹のうら淋《さび》しい境遇に、どこか悍《おぞ》ましさのようなものを感じるのだが、そのざわざわした思いが次第に怒りに変わり、未決とはいえ死刑囚という本来憎むべき人物である沼田に、気持ちが寄っていく。

沼田の人生は、禍福は糾《あざな》える縄の如しとも感じられるが、沼田の中では幼児期から少年時代の方が、はるかに大きな辛さのウエイトを占めているのだろう。矢代組にさえ入っていなければ、いつまで経っても不幸に追いかけられていた。

そうした読み手の感情移入を操縦しているのが矢代組組長の矢代亘一、この記事の中でYとイニシャル表記されている人物の登場具合である。

前半の高校時代に出てくるYは、ただでさえ不幸な家庭で育った沼田の人生をめちゃくちゃにした許しがたい極悪人である。

それが後半では沼田の救世主へと変わる。

人を脅して金をせしめるという従来のヤクザ稼業を苦手とする沼田に、シノギを与えて、悲哀な人生を好転させた。鉄砲玉になる予定だった沼田が、仲間の喧嘩《けんか》を助けて逮捕、縄張りを奪われた時も怒ることはなかった。

そして異性と無縁だった沼田に女性を紹介し、結ばれるよう手筈《てはず》を整えた。

最後まで読み手に嫌悪感を抱かせた高校時代の矢代亘一に戻る言及はたった一行だ。

――なに言ってんだ、最初からこういう時のために俺を誘ったくせしやがって。

そこで初めて沼田の耐えてきた心の中が見える。

沼田の実直な心情が、緻密《ちみつ》に記されたこの記事は、他のメディアにも読まれ、各社は警察に連絡を入れているはずだ。

それは最後の追記による。同業他社にとっては、この部分が衝撃度が大きかったはずだ。

沼田は週刊タイムズとの接触を図るのと同時進行で、刑事にも訴えていた。

どうやって知らせたのか、小林がアプローチ方法を聞いても、沼田は答えてくれなかったそうだが、刑事が拘置所まで会いに行ったということは、警察も事件性を疑ったのだ。

その期待通り、昨日、警察はいよいよ動いた。

今朝、合同通信、NHK、さらには民放各社が、東京都足立区のマンション建設用の整備地から遺体を発見、所持品や歯の治療痕《こん》から浅越功氏であると警視庁が発表したと報じたのだ。

正義はテレビ画面を見ながら小林に電話をかけた。

——やったな、小林、うちの記事のまま動いているじゃないか。

もしかして遺体は出てこなかった、沼田は遺棄現場を知らなかったのではないか、そこまで危惧《きぐ》していた正義は声を弾ませた。

小林はそれほど喜んではいなかった。

——僕もこのニュースを見てやったと思いました。だけど沼田を現場に連れていったと発表されたとは、どこも伝えていないんです。

確かにそうだ。遺棄を自供したのが沼田正樹だとは触れていない。

——沼田が自供したわけではないのか？

——うちが記事を載せたタイミングで、浅越の遺体が出たなんて偶然、いくらなんでもありえないと思います。

その通りだ。一年半も見つからなかった遺体がこのタイミングで出てきてたまるか。

自供から遺体が発見されたケースでは、まず死体遺棄で逮捕状が執行され、その後、殺人に容疑が切り替わる。

それが待てど暮らせど、死体遺棄事件から殺人事件に切り替わることも、沼田の名前が出てくることもない。

その一方で、沼田がどうしてルカーズの二人を殺した被疑者に挙がったかを、古谷が懇意にしている新聞記者から聞いて調べてきた。

マンションの防犯カメラには、目出し帽を被《かぶ》っていたため、顔はよく見えないが、沼田くらいの背恰好《かっこう》をした男が侵入し、殺害後に逃げ出す姿が映っていた。さらに沼田の愛車のナンバーが、最寄りの首都高料金所のNシステムで確認されている。

その車は、首都高から東京湾アクアラインを経由して、木更津《きさらづ》から都内へと迂回《うかい》したこともETCの履歴から判明した。

しかもアクアラインを通過するのに、同時刻の道路の空《す》き具合から判断して、時間がかかり過ぎていた。

海ほたるパーキングエリアに沼田は寄り、そこで拳銃を海に捨てた。そうした推察も含めて、検察は沼田の犯行だと断定、裁判官も検察の主張を認めた。

ルカーズの葉村聖樹、水木天羅を殺したのが六月七日、そして浅越功を殺害したのはその前日の六月六日。沼田は二日間に亘《わた》って三人の男を殺したのか。

小林は半グレ殺しは冤罪《えんざい》と思っているようだが、正義は二つ目を自供したところで、日付が違う以上は、死刑判決を受けた被告から、沼田が消えたわけではないと自分に言い聞かせている。

ルカーズ殺しも沼田の仕業、そう推察できるのは、拳銃による殺害者が、リーダーの葉村が住むマンションのエントランスの陰に隠れていたこと、そして浅越殺しの犯人が空き店舗のバーカウンターの下に隠れていたこと、二つの犯行が類似している点である。

並外れた運動神経、そしてカッとなったらなりふり構わず暴力を振るう、仲間が傷つけられたと聞くと自分を見失ってしまう沼田なら、冷酷な殺害者になり切ることも可能ではないか。

ルカーズ殺しが冤罪であるならば、それも自分たちが調べ直す大きな事案であるとは自認している。

ただ週刊タイムズの限られた人数と時間で、今優先してやるべき仕事は、浅越殺しが沼田の犯行であると固めていくこと。そして警察がいつまで経っても、沼田を逮捕しないのであれば、どうして立件しないのか、一審で死刑判決が出たから遺体が出てきた事件をなかったことにしようと目を瞑《つぶ》るつもりではないのか、そうした警察批判を誌面で展開して、新聞・テレビをはじめとしたマスコミ全般、すなわち世論を動かすことである。

それが本来のメディア、とりわけ記者クラブにも入らずに権力と一定の距離を取っている週刊誌の役目だ。

もっとも、殺人告白という大きなネタを提供してくれたからといって、盲目的に沼田を信用しているわけではない。

なにごとに於《お》いても疑うことを忘れない正義は、自分たちが沼田にいっぱい食わされ、告白が虚偽だったということまでつねに頭の片隅に置いている。

間違えがあるとしたらどの点か。聞き間違えなのか、誤解なのか、それとも意図的に騙《だま》してきたのか、意図的だとしたら沼田にはどういった狙いがあるかというところまで、疑問点を探った。

あれこれ思い悩んでいると、また古谷から電話が入った。

〈毎朝新聞の記者に聞きました。捜査一課長が定例会見で、遺体がどのようなプロセスで発見に至ったかは答えられないと言い張ったそうです〉

「沼田の関与で間違いなさそうだな」

〈記者クラブの記者もうちの雑誌を読んでいて、「週刊タイムズに告白した被告の供述で、遺体が発見されたのでは」と質問したそうですが、捜査一課長は今後の捜査に関わるからとノーコメントにしました。沼田のもとに捜査一課の刑事が行ったことも認めていません〉

「毎朝新聞の記者は、認めないことをなんて言ってる?」

〈謎だと。認めないのに警視庁が捜査をするんですから〉

「捜査はするのか」

〈するどころか、今後、捜査本部の設置も考えているようです〉

「捜査本部ってどこに？」

〈常識的に考えるなら遺体が出てきたのは足立区なので、区内にある竹の塚署、綾瀬《あやせ》署、西新井《にしあらい》署、千住《せんじゅ》署のどれかになります〉

遺体は出てきた、殺人事件として捜査本部の設置まで検討している。それなのにその遺棄場所を伝えた被疑者が誰かを明らかにしない。この国はいつから、秘密警察のような隠蔽《いんぺい》組織になったのだ。

「健太郎は、なぜ警察は沼田の名前を出さないと思う？」

〈意地でも沼田の犯行にしたくないんじゃないですかね。うちに先を越されたから〉

正義も同感だ。

「うちのせいで警察が意固地になっているということだな」

〈他に考えられるとしたら、半グレ二人を殺した事件と整合性が取れなくなり、高裁で差し戻しにされることを心配してるんじゃないですかね〉

「それは問題ないだろ。浅越殺しとルカーズ殺しは一日のタイムラグがある」

〈やれないことはないですけどね。でも一日三人はあっても、二日で三人というのはあまり聞いたことはないので〉

古谷も果たしてこの平和呆《ぼ》けした我が国で、そんな殺しのプロフェッショナルのような人間が存在するのか、つまるところルカーズ殺しは沼田の犯行ではないと疑っている。

だがそこに拘《こだわ》ってしまうと、事件の核心が浅越殺しではなく、ルカーズ殺しの冤罪に向いてしまう。テレビやリベラル系メディアは、新たな犯行より死刑判決を受けた被告が冤罪だったことに飛びつきそうだが。

〈刑事が沼田に会いに行ったことまで、警察がなかったことにする気なら、この際、徹底的にやりましょうよ。あとになって「週刊誌の通りでした」と警察に認めさせるくらい〉

自分が取ってきたネタではないのに古谷は燃えていた。

こうした権力による隠蔽を暴くことが、本物の週刊誌記者は大好きなのだ。芸能人の不倫記事、スキャンダルなどは、実のところ、読者の関心があるからやっているだけで、どうでもいいと思っている。自分たちはジャーナリストだ、その自尊心がなければ、こんなしんどい仕事、やっていけない。

古谷との電話を切ったあと、正義は知り合いに電話することにした。

記者クラブに入っていない週刊誌記者のネタ元は多くが新聞記者、つまり間接取材が多くなる。週刊誌記者がいきなり捜査一課長や刑事宅を訪れても、警戒されてなにも話してくれないからだ。

古谷が伝えてきたネタ元も記者である。とはいっても、古谷にしても、そして正義にしても、直接取材できる刑事、もしくは元刑事のネタ元を持っている。

正義はそのうちの一人、今は定年して外郭団体で働いている元捜査一課刑事に電話をかけた。

「すみません、昨日の今日でせっかちすぎでしたね」

　電話に出た元刑事に正義は謝る。

　昨晩は「新見くんの頼みなら仕方がないな」と引き受けてくれたが、それから十時間も経っていない。さすがに進展はないかと思ったが、声は明るかった。

〈朝一番に電話をして調べたよ。予想していた通り、二係がやっていた〉

「二係って強行犯捜査二係ですか」

〈違うよ。今はどこの係に所属しているのか分からないけど、昔から殺人二係、殺二と呼ばれて、遺体の出ていない行方不明事件を専門に扱っているスペシャルな部署だ〉

　そんな部署があることすら初めて聞いた。

　そこには三十年近く、専従している刑事がいるらしい。

　元刑事は気が利く人で、その専門家の住所まで調べてくれていた。

〈いつも黒シャツを着てるから会えばすぐ分かるよ。ただし口数の少ない男だから、週刊誌の記者がいきなり現れて、話してくれるとは思えないけど〉

「無視されるのは慣れてますので。やるだけやってみます。ありがとうございます。今度、ぜひ一杯、お付き合いください」

〈ああ、マスコミにゴチにはなりたくないから割り勘ならな〉

「もちろんです。よろしくお願いします」

　礼を言って電話を切る。外郭団体に行っても刑事の魂のままだと感心した。

いい刑事は酒を飲んでもご馳走《ちそう》にならない。こっちは経費、刑事は自腹だというのに、記者の分まで出そうとする。もちろん記者にタカる警察官もいるが、プライドを失った人間の情報はアテにはできない。

そのスペシャルな刑事の住所まで調べてくれるとは。これは大きな収穫だ。

デスクになった自分は各記者の役割を決め、指示を出す側だが、すでに全員が出払っていて、他の取材まで手が回らない。

今晩、自分で行ってみるか。いや、行くなら明朝だ。経験上、新聞記者は夜の方が多い。朝なら一対一で取材できるかもしれない。

その道の専門家のように元刑事は語っていたが、言葉は悪いが、穴だらけとも言える今回の杜撰《ずさん》な捜査に、本当にそんな優秀な刑事が関わっているとは、正義には信じられなかった。

週刊タイムズだと名乗ったらどのように反応するのか。自分たちは沼田からすべてを聞いているんです、まだ書いていない情報を持っていますよと仄《ほの》めかせば、顔色を変えるのではないか。

頭を捻《ひね》ってシミュレーションをしていくと、現場記者時代に経験した胸が熱くなっていく感覚が甦《よみがえ》ってきた。

6

「先輩、大丈夫ですか」

洸は背後に立つ、高校の先輩であり、東京拘置所の刑務官を務めている吉沢明人に尋ねた。

「大丈夫だよ。待たせたら悪いから早く入ろう」

会議室のドアの近くまで進むが、言葉とは裏腹に吉沢は生気が消えた顔をしていた。

警視庁の庁舎に入ったのも初めてだと話していた吉沢は、これから証言することによって、所属する法務省矯正局から処分を受け、この仕事を続けられなくなるかもしれない。

吉沢に名乗ってもらうつもりは洸にはなかった。ところが吉沢から「このままでは森内に迷惑がかかる」と、警視庁の幹部に伝えたいと言い出したのだった。

「失礼します」

そう言った洸は、ドア越しに返事が聞こえてからノブを回した。

信楽と泉管理官、それと今回の捜査を担当することになった五係の間宮《まみや》班長が座っていた。

「吉沢明人看守です、東京拘置所で刑務官をしております」

名前と階級を述べるその声はいささか震えていた。

「座ってくれ」

泉が促したので、洸と吉沢は用意された椅子に腰を下ろす。

「まずはきみたちの関係を教えてもらおうか」

「はい」

吉沢は返事をして説明する。

「森内巡査部長とは同じ高校のサッカー部に所属していて、私が二年先輩です。卒業後、私は飲食業界、居酒屋チェーン店で店長などをして働いていましたが、四年前に刑務官になり、森内くんが警察官になったことを知っていた私は、二年前のOB会で、同業者になったと話しました。その時に森内くんが捜査一課に異動したことを知りました」

正確には、捜査一課だけには留《とど》まらず、二係事件という特殊事案を担当していることまで吉沢に話した。吉沢は極秘事項と察して黙っていてくれた。

「森内はサッカー部だったのか。初めて知ったよ」

泉に言われる。信楽に話したことがあるが、捜査一課で他に知っているのは同期の田《た》口哲《ぐちてつ》などごくわずかだ。

「吉沢さんはキャプテンでした。厳しいだけではなく、後輩への優しさもあったので、自分はとても尊敬していました」

洸は口出しするいいタイミングだと思い補足する。吉沢だけが尋問を受けるような形にはしたくなかった。

「森内のことだからさぞかし生意気だったんだろうな」

信楽が緊張した場を解《ほぐ》すようなことを言う。

「森内くんは一年からレギュラーでしたから、上級生からのやっかみもありました。ですけど、先輩から嫌がらせを受けてもまったくへこたれない強い精神力を持っていました」

「今と同じだな。先輩を睨《にら》み返してきたりしなかったか？」

「部屋長、それじゃ自分が組織の規律を乱してるみたいじゃないですか」

洸は反論した。吉沢の緊張を解くようにわざと言ったのだが、表情は硬いままだった。

「サッカー部というのは沼田や矢代と同じだな」

泉が吉沢に向かって言う。

「はい、二人がいた高校は、私の高校時代は弱体化していましたが、昔は学校が総力をあげて強化していた時期があったのは聞いたことがあります」

「今回の告白記事を読んで、吉沢さんはどう思った」

「目に薬を塗ったのはひどいことをするなと思いましたが、どの学校にも仲間のことを考えない不良選手はいます。読んでも違和感は覚えませんでした」

「目に塗られて、思うようにプレーできなかった点は？」

「されたことがないのでなんとも言えないですが、ベストなプレーができなかったのは間違いないはずです。眠れなかったでしょうし、目覚めも悪かったでしょうし」

「森内はどうだ？」

「自分はむしろ、沼田の記事にもありますが、あまり関係なかったのではと感じました。デビュー戦はただでさえ緊張しますし、沼田のようなストライカーは、経験のあるディフェンス相手に思うようにプレーさせてもらえません」

「吉沢さんと森内はどういうポジションなんだ。サッカーは詳しくないんで教えてくれないか」

「私はディフェンダー、最終ラインの真ん中、森内くんは攻撃的ミッドフィルダー、いわゆる10番をつけるポジションです。決定的なパスを出せて、ゴールも決める。メッシやマラドーナのポジションといえばイメージがつくと思います」

「そんなすごい選手ではありませんでしたが」

恥ずかしくなって洸は否定する。大学から推薦入学の誘いが来たくらいだからチーム内では目立っていた。しかし選手権やインターハイは予選で敗退、国体代表にも選ばれなかったから、全国的には平凡な選手だ。大学ではほとんど試合に出られず、早々と卒業したらサッカーは諦《あきら》めようと決めた。

「森内も沼田と似たような経験をしたということだな。そういう消化不良時は、ゲームが終わるとどういう気分なんだ」

泉はやけにその点にこだわっていた。

「沼田が書いていたように、思い通りできなかったことを他のせいにしようと思ったことは、恥ずかしながら自分にもありました」

「それは翌日でもか？」

「しばらく引きずります。自分が沼田のように不調で終わった明確な理由を持っていたら、監督に伝えて矢代をクビにしています。そうするには証拠がなかったのかもしれませんが、それまでにも沼田は、矢代のせいで『ドロボー二世』とからかわれていたわけですから」

「その怒りが次の日の行動に発展したと」

「自分なら同じ気持ちになるでしょうね。かといって口で文句を言うだけで、手は出しませんが」

「吉沢さんはどう思う」

「森内くんと同じ考えです。当日の朝は自分が出るゲームを優先して、騒ぎを起こしたくない気持ちが上回るでしょうけど、そのせいで、ゲームで結果を出せなかったとなると、自暴自棄になった気持ちも分からなくはありません」

「経験者二人が言うなら、少年院に入ったのは、この告白記事に書いてあった夜の出来事に起因していたと見て良さそうだな」

「ですが管理官、人生をめちゃくちゃにされたのに、少年院を退院後、矢代の誘いに乗りますかね？」

五係の間宮が口を挿《はさ》んだ。

「それは矢代にも言えるんじゃないかな。普通、自分をぼこぼこにした沼田を矢代組に誘わないだろ？」

間宮の疑問には信楽が答えた。

「二人とも普通ではないですよね」

「普通の人間はヤクザになんかならないさ」

「沼田は過去に買って出たヒットマン役をまた務めたわけですからね。しかも事件の翌々日には沼田の犯行だと特定できるほど、杜撰《ずさん》な犯行だったようです」

間宮が答えた。沼田が対立するルカーズのトップ葉村聖樹とボディーガードの水木天羅を殺害した事件を捜査したのは、中野《なかの》署に設置された捜査本部である。

捜査本部は目撃証言やNシステムなどを証拠に、翌日のうちに沼田に被疑者を絞った。そして二日後の六月九日には沼田の居所を突き止め、殺人容疑で逮捕した。

ただし週刊タイムズには、沼田自身は浅越殺しで逮捕されたものだと思ったと書いてある。あえてこの場では口にしないが、洸もそれが沼田の本音であったと今は思っている。

「矢代が沼田を利用していたのは、間違いはないけどな。本当に親友、片腕のような存在なら、複数殺人は頼まない。死刑になって戻ってこられなくなるわけだから」

信楽が腕組みして呟《つぶや》く。

「沼田には二人を殺しても、相手は反社だから死刑にならないと言ったんですかね。それとも沼田が無知だったんですかね」

間宮が訊《き》き返す。

「どちらもあるな。矢代は最近の判例を知っていた。だけど沼田は知らなかった」と泉。

「犯行を実行したのが四十七歳だから、二十歳で再会して、二十七年間、よく関係が続いた方ですけどね」

「矢代にしても昔は、今以上に足が不自由だったんだから、喧嘩《けんか》では無敵の沼田をそばに置くメリットがあったんだろう」

信楽たち三人は会話を進めるが、洸はまた始まったと暗い気持ちになった。

話題の中心はあくまでもルカーズ殺しであって、浅越功殺しは蚊帳《かや》の外に置かれている。信楽は沼田を調べ、引き当たりで遺体を発見したではないか。

「部屋長は沼田の告白記事はやはり事実ではない、沼田が起こした事件は死刑判決が出た半グレ殺しだけであって、今回の浅越功殺しは別の人物の犯行だと思われているのですか？　音無検事と話した際、検事が、自信を持って沼田の犯行だと断言した、それなのに部屋長は検事の前で、沼田を取り調べたいと言ってくれました。そう言ってくれたからこそ、永遠に発見されなかったかもしれない浅越功の遺体が出てきたのだと思っています」

「それなら、音無検事も調べてくださいと言っていたじゃないか。司法の一端を任される者として怪しければ捜査する。音無検事は、当然のことを言ったまでだよ」

　調べたいと言った信楽にも面食らったが、同意した音無にも、洸は驚いた。

「沼田の供述通りに遺体が出たのに、逮捕しないのはどうしてですか」

「ホトケが出たら逮捕するものだと、森内は思っているのか？」

　逆に信楽から質問される。

「そうじゃないんですか。秘密の暴露になるのですから」

「森内はこの捜査をして何年になる」

「三年過ぎましたけど」

　知っているはずなのに訊かれた。だが信楽からは、こうして分かっていることを質問されることが多々ある。

「俺たちの仕事は自供させ、遺体を探し出すことだよ。そうすれば目撃者や凶器がなくても公判を維持できる」

「今回やったことがまさにその通りじゃないですか」

　それなのになぜ逮捕状を取らないのか、そのことが疑問でならない。

「すべてのケースに例外というものが存在するからだよ」

「すべてにですか」

　考えもしない返答だった。信楽らしくないとも思った。機械的に行方不明者届と近々の逮捕者の捜査記録との照合をして、端緒を探し出す任務を担っている。例外が生じたら、端緒があっても、事件の着手へと繋《つな》がらないではないか。

「その例外って今回でいうならなんでしょうか」

「沼田が告白した事件の一日後に殺人事件を起こしたという事実だよ」

「ルカーズ殺しが間違っていたかもしれないじゃないですか」

「おい、森内」

泉からの注意に、洸は反省した。ここにいる面々は、中野署に設置された捜査本部には入っていない。それでも逮捕が間違いだったなど、仲間がいる前で言うセリフではない。

「すみません。今のは取り消させてください」

泉に向かって頭を下げる。こうして余計なことを言うから、信楽から冗談にしろ、すぐに感情が出ると指摘されるのだ。

「森内は俺が例外だと言ったのが、不満なんだろ？」

「不満というわけではないですが、以前の捜査で、部屋長から『逮捕者以外を調べたのは数件しかない』と聞きました。基本、部屋長は例外を作らないと思っていましたので」

前回、信楽は記者からの情報をもとに行方不明者届も出ていない八十二歳の老人の失踪《しっそう》事件に着手した。その事案は、被疑者が勾留《こうりゅう》されていなかったが、被疑者を探し出し、殺人、死体遺棄罪で逮捕した。

その事件が特別だったのは、その老人が元公安刑事で、信楽の恩人だったからだ。

逮捕まで漕《こ》ぎ着けたからよかったものの、途中、何度も裏目に出てあやうく被疑者に逃げられそうになった。事件解決後、「例外を作ったから、捜査がうまくいかなかったのかもしれないな」と信楽は反省をこめて振り返っていた。それならどうしてまた例外を作るのか。

だが今日の信楽は、その例外に拘《こだわ》っていた。

「例外と言うなら、森内が浅越殺しの実行犯を沼田だと決めつける方が例外ではないのかな」

「どうしてですか、本人が自供してるんですよ」

「裁判は一審を終えた。法廷でなにも言わなかった被告が、今になって新たな事件を告白した。それをそのまま鵜《う》呑《の》みにしていいのか」

「言わなかったのは、事情があるからじゃないですか」

「事情とは」

「それは……」

言葉に詰まった。だが考え抜いて無理やり答えを探し出す。

「控訴審で、死刑が確定する前に、言っておきたかったんじゃないですか」

「そうなると死刑逃れの自供にならないか」

「そうですけど」

ダメだ、今日はなにを言っても論破される。

この場にいる四人のうち、警察官ではない吉沢を除く全員は、自分の考えに賛同していない。なぜだ？　沼田の供述通りに死体は出ているのに……そこがどうにも腑《ふ》に落ちない。

「遺体発見だけでは確実な証拠にはならないということですか」

「本来ならなってもいいだろう。ただ事前に掘っておいたということが気になる」

信楽は額に皺《しわ》を寄せて答えた。

沼田を聴取した時、信楽はどうしてあの場所を選んだのか、スコップなどの道具はどうしたのかを尋ねた。沼田は二日前に場所を探して、あらかじめ掘っておいたと供述した。そのことは、週刊タイムズの記事にも書いてある。

「殺害後に周囲に目撃されないよう、事前に穴を掘ったことに、自分はなにも疑問を覚えませんでした。部屋長は二日前に穴を掘っておけば、近隣住民に発見されると疑っているのですか」

「雑木林だったんだ。地主以外は中には入らないだろう」

「それなら供述に疑いはないのでは」

「穴を掘りに行っただけかもしれないだろ」

「森内、俺も部屋長と同じ考えで、だから逮捕状を請求してないんだよ」

泉が続いた。洸も信楽と泉の二人がなにに疑問を抱いているのか分かった。

「つまりこういうことですか。浅越功を殺したのは矢代組の別の人間、矢代かもしれないし、矢代が命じた沼田以外の組員かもしれない。ただし穴を掘るのを沼田は手伝った。だから沼田は遺体遺棄現場を明言できたと」

「そういうことだよ。その可能性が消せない限り、供述通りに遺体が出てきたからと言って、沼田の犯行と断定するのは難しい」

暴力団組織の一員ならありえなくはなかった。恥ずかしながらこれまで考えたこともなかった。

それでも完全に同意したわけではなかった。

「その顔だよ。不服そうだな」

信楽に指摘される。

「いいえ、そんなことはありません」

感情は胸奥に隠して返事をした。だが信楽はまるで信じていない。

「森内はこういうところで態度に出るんだよ。高校の頃からそうじゃなかったか」

苦笑いで吉沢に尋ねる。

「いえ、そんなことは……」

洸がいる手前、吉沢はどう対処していいか困っていた。昔はもっと生意気で、自分にいいパスが出ないと、先輩相手でも文句を言った。試合後に洸が責められると、「ゲームが始まったら先輩も後輩もないんだ」と吉沢は洸を擁護してくれた。

「森内、俺はなにも、おまえが吉沢さんに聞いて沼田に会いに行ったことを、軽率だと責めているわけではないよ」

軽率――責めていないと言われても、その語句には非難を覚える。

今振り返っても、沼田に会いに行ったことが、間違っていたとは思っていない。遺体が出た段階で、沼田の逮捕状を取り、徹底的に取り調べる。それが最善だったと信じている。浅越殺しで沼田を逮捕することが、死刑執行に支障をきたすとか、死刑判決が差し戻しになるとか、捜査に携わった仲間のメンツをつぶすとか……そんな理由でなにもしないという忖度《そんたく》は、警察官には絶対あってはならない。

「ここで言い合っても仕方がない。それよりせっかく吉沢さんに来てもらったんだ。沼田がなぜ急に自白する気になったかを聞きましょう」

取りなすように言った泉が、「吉沢さん、悪かったな、見苦しいところを見せて」と喋《しゃべ》りかける。

「い、いえ」

固まっていた吉沢は首を左右に振った。

「今回の件はここにいる面々だけの秘密ということにする。一課長には東京拘置所の職員だと伝えたけど、それ以上を話すと一課長の責任にもなるので、この報告すら聞かなかったことにしてくださいと頼んでおいた。なので今後の処遇は気にせず、協力してください」

「はい、私がお役に立てることなら」

「それでは、どうして今回のことを、森内に話すことにしたんだね」

「一つは沼田が、ある刑務官の当番日に限って、迷惑行為というか、深夜にトレーニングをしたからです。けっして大声を出したりするわけではないのですが、静まり返った真夜中の拘置所内では結構な音となり、周りの収容者の迷惑になります」

「それだとただの嫌がらせにならないか」

「私の前の担当は精神が参ってしまいましたが、私はあれくらいはなんともなかったです。私は確定死刑囚や死刑判決を受けた未決囚を担当したのは初めてですが、先輩たちに聞くと、そうした囚人は次第に精神を乱し始め、眠ることもできず、喚《わめ》いたりして恐怖を掻《か》き消す者もいるそうです。沼田の深夜トレーニングを見ていない先輩刑務官は、沼田が死刑確定の恐怖から体を動かしているのだろうと言いました。ですが私には、沼田が死に怯《おび》えているようには見えませんでした」

「それで彼が言っていることが本当だと思ったのかね」

「それまでは『他に人を殺した』としか言わなかった沼田が、二度目の夜勤で、『あなたは信頼できそうだから、話してもいい』と浅越功の名前を出しました。その人物が行方不明者なのかどうかも私には知る由もないため、森内くんに尋ねてみようと思いました」

「つまり吉沢さんも本当かどうか気になったんだな」

「はい、規則違反だと分かっていましたが」

「他にないかな、沼田が変わったと思う点は」

「前任者に聞くと、二カ月ほど前までは普通というか、手のかからない模範囚だったそうです」

「トレーニングはやっていなかったのか」

「鍛えていましたが、それは昼間の決められた時間内です」

「それが急に変わった？」

「理由は前任者も聞いていないのですが、控訴審の期日が決まったからではないかと、我々は推測してます」

「面会者を調べる必要があるな」

信楽が呟《つぶや》いた。

「そうですね。間宮、法務局に連絡してくれ」

「了解です」

「どういうことですか」

洸にはちんぷんかんぷんだった。

「控訴審が決まったことで、誰かが沼田に接触したってことだよ」

泉が答えた。

「接触したとしたら弁護士じゃないですか。当然、控訴審の打ち合わせもあるだろうし」

「弁護士は変更になったから、その可能性もあるけど、他にいるかもしれない」

信楽が答える。そう言えば音無検事も話していた。弁護士が変わったが、本気で判決をひっくり返す気概は感じられないと。

「他とは？」

聞きながらも、ここで聞いても意味はないとすぐに気づいた。分からないから泉は間宮に調べろと言ったのだ。

「それを調べるんでしたね」

泉に叱られる前に言っておく。

そのほか、沼田の様子、とくに週刊誌に出た後の様子を泉は吉沢に尋ねていた。

週刊タイムズの発売後、今のところ、記者は沼田の面会には来ていないそうだ。

沼田は掲載されたことを確信しているのか、週刊誌も読んでいないし、遺体発見後もとくに言動に変化はない。

さらには週刊誌発売後、死刑廃止団体の代表者が連絡を寄越《よこ》してきたが、沼田は面会を拒否した。

吉沢の説明を洸は混乱しながら聞いていた。

希望通り、刑事が来て、週刊誌も掲載した。そして自供通りに遺体が出た。再逮捕、取調べとなれば、負け戦同然だった控訴審の潮目も変わる……普通は安堵《あんど》する。

なのに逮捕されなくても沼田に変化は見られない。警察の怠慢だと死刑廃止団体に抗議してもいいのに、その面会すら拒否した。

沼田はなんのために、第二の殺人を自供したのか。

「ありがとう。今回のことはここだけの話なので、あなたもこれまでと同じように普通に仕事をしてください」

泉は冷静に言ったが、吉沢は居住まいをただし、頭を下げた。

「今後はもう少し慎重に、きちんと上司に報告してから行動するようにします」


自席に戻っても洸の気分は優れなかったが、顔に出ていると信楽に指摘されないよう、できるだけ普通でいようと努めた。

だが自然に振舞おうとすればするほど、信楽に心の中を読まれているような気がする。

「森内は、俺が入院する前から、吉沢刑務官のところに行くつもりだったんだろ。どうして東拘の刑務官に知り合いがいることを話に出さなかったんだ」

いきなり胸の内を射貫《いぬ》かれ、洸は動揺する。

「それは……」

「俺が反対すると思ったからだろ？」

「はい、その通りです」

「俺が慎重に動いた方がいいなと言った時は、ラッキーだ、これで手柄を取れると思ったか」

「手柄なんてそんな。自分はただ部屋長に信頼されたいと思って、いつも仕事をしています」

否定したが、本音は指摘通りだ。あえて信楽に素っ気なく振舞われるように伝えた。信楽が、入院から戻ってきてから俺がやると言い出さないように。

「森内は控訴審中止のためのでっち上げとは、感じなかったか？」

「会いに行くまではそうした怪しみは持っていました。ただ、浅越功が特異行方不明者として届けが出ていたのは事実ですし、自分たちの仕事は行方不明者を殺人事件の被害者と結びつけることですので」

使命感のように言ったが、それも違う。一人で解決したかった。

「それが俺たちの仕事なのは間違いないよ。それに俺は音無検事がそんな杜撰《ずさん》な捜査をするわけがないと思っただけで、どんな人間だって過ちを起こすと思っている」

「音無検事は、一ミリの疑いでもあれば死刑を求刑していないと言っていましたが」

穏やかだった音無が、人が変わったように眉《まゆ》を吊《つ》り上げた瞬間は畏怖《いふ》すら覚えた。

「音無検事だって言いっぱなしではないと思うよ。自分の捜査に間違いはなかったか、求刑通りで良かったか、今も悩んでいるはずだ。警察も検事も同じだよ。次から次へと新しい事件が降りかかってくることで、前の事件を振り返る時間はないけど、こうした謎めいた事案が起きれば、過去に戻って熟考する。人間なんだから自信を失うことだってて当然あるさ」

「ということは部屋長も、音無検事も、ルカーズ殺しは冤罪《えんざい》、沼田の殺人は浅越功のみの可能性は、ありうると考えているんですよね」

「森内はなんでも気が早いな」

　気が早いと言われても、自信を失うということは、誤認逮捕だった可能性もあるということではないのか。

「その前に調べることがあるだろ？」

「調べるって浅越についてですか。去年の六月十日に行方不明者届は出ていますから、殺害日時はほぼ合っているんじゃないですか。あえて浅越の周辺を調べなくとも」

「調べるのはそこじゃないよ。今回の沼田の告白記事だよ」

「記事のどこですか？」

「週刊タイムズに書かれてあるすべてだよ。書かれてあることが事実かどうか、俺たちはまだ何も調べていない」

　そう言って信楽は机の上に置きっぱなしになっている週刊タイムズを開いた。

　信楽が何度も読み返していたのは見ていた。開いたそのページにはボールペンでいくつもマル囲みがされている。

「部屋長はなにに印をつけてるんですか」

「出てきた固有名詞全部にだよ」

「どうして固有名詞に」

「とくに意味はないよ。高校の時に国語の授業で習わなかったか。主語となりうる名詞や文章にはマルをつけなさい。その後にそれとかあれとか指示代名詞が出てきたら、それがなにを指しているのか線で示しておきなさいとか」

「いえ」

「森内は大卒だろ、受験勉強はしなかったのか」

「自分はスポーツ推薦だったので」

高三の夏には、関東リーグの二部の大学に推薦入学が決まったので、受験勉強は一切やっていない。とくに国語の授業は先生や生徒の朗読が心地よく眠気を誘い、だいたい寝ていた。

とはいえ信楽は高卒だ、受験生と同じように真面目に勉強していたのか。だとしたらいかにも信楽らしい。

「固有名詞を全部調べるんですか。その上で気になることがあれば徹底的に確認して、沼田が嘘をついていないか確認するのですか？」

警察は嘘発見器にも掛けるし、心理テストも受けさせる。だが今回の記事に多少の嘘があったとしても、それほど重要ではない気がする。

「大事なことなんて、捜査が終わるまで分からないよ。俺たちがまずすべきことは沼田がなぜ週刊誌に話したのか、同時に刑務官に意地悪をしてまで、なぜ刑事を呼んだのか、その理由を知るために、一から百まで調べていくことだ」

一から百までという言い方が途方もなく大きく聞こえた。

今後、捜査本部が設置されるとしたら、五係や遺体遺棄現場の所轄である竹の塚署の刑事課員が加わる。捜査本部で仕事をするのは、捜一刑事の憧《あこが》れだが、自分たちは週刊誌の記事の確認という、普段の仕事同様の地道な作業をさせられるのではないか。

そこで泉が刑事部屋に入ってきた。

「部屋長、三ヵ月前に矢代組の元顧問弁護士が面会に来ていました」

「元？　今のじゃないのか」

「弁護士は、沼田の一審後に、矢代組の不動産詐欺に関わり、弁護士会から六ヵ月の業務停止処分を受けてるんです」

「六ヵ月なら、もう弁護士に復帰できてるじゃないか」

「弁護士活動ができなくなる除名処分を受けてもおかしくなかった。それが今後、暴力団の顧問は受けないと誓ったことで、軽くで済んだみたいです」

「担当弁護士でもないのになぜ沼田に会いに行ったんだろうか」

「そこが一番の謎ですね。弁護士会だっていい顔はしないでしょう」

信楽は眉間《みけん》に皺《しわ》を寄せて考え込んでいた。

「その弁護士、俺の方でもらってもいいかな」

「部屋長が行きますか。間宮に話してしまいましたが」

「俺と森内にやらせてくれ。そして沼田の方もメインでなくていいから、俺たちで取り調べる時間をくれ」

「承知しました」

過去のケースで言うなら、遺体の発見まで辿《たど》り着けば、大方、捜査本部が所轄に立つ。しかし今回は逮捕状も取っておらず、死体遺棄事件として処理されているだけなので、まだ捜査本部の話も出ていない。

「それと森内、今回はどうにも理解しがたいことが多すぎるから、役割をきっちり分担しよう。森内が訊《き》き役で、俺は嘘をついていないかよく見張る。だけど森内も事前に考えたまま訊くのではなく、相手の反応を見ながら質問内容を変えていくんだぞ」

普段から二人で捜査する場合は、洸が最初に聞き役を任されることが多い。それなのに改めてそう指示されたということは、今の自分では沼田の嘘を見抜けないと、信楽から信頼されていないのか。

「分かりました。自分も相手の表情を確認しながら、聴取します」

「では二人ともよろしくお願いします」

泉が刑事部屋を出ていき、しばらくしてから「弁護士が来たことについて、森内はどう思う」と信楽に訊かれた。

「今の国選弁護人はやる気が感じられないから、元顧問弁護士を呼んだ、そこで浅越功殺しを告白して、なんとか警察を動かしてほしいと頼んだんじゃないですか」

音無検事の言葉を思い出して、あとは自分の想像をつけ加えた。

「だとしたら、どうして週刊誌なんて面倒くさい手を使ったんだ」

「それは弁護士が指示したんじゃないですか」

「弁護士はそんな回りくどい方法は取らないよ。死刑廃止を目指している弁護士が溢《あふ》れるほどいるんだから」

「矢代組に関わっていることを、弁護士会に知られたくなかったとか」

「伝言役くらいなら問題ないだろう。弁護士会だって冤罪で死刑が確定するおそれがあるなら、会うくらいは許してくれる」

「そうですけど……」

「まぁ、ここであぁだこうだ議論をしてもなにも解決しないな。まずは調べてみよう、行くぞ」

「はい」

　返事はしたが、どこに行くのか知らされていないので、頭の整理がつかない。なにせ泉管理官の前で、今回は訊き役をやるよう言われたばかりなのだ。調べる人間が誰か分からないことには質問も思いつかない。

　それでも黒いブルゾンを羽織った信楽に遅れないよう、洸も椅子の背に掛けてある上着を手に取り、あとに続いた。

7

正義は東京では珍しい単線の西武多摩川《せいぶたまがわ》線に乗り、終点の是政《これまさ》駅で降りた。師走《しわす》の朝の空気は冷たい。それでも肌寒く感じないのは気が張っているからだろう。目当ての家は駅から十二、三分歩いたところにある。

警察官には、始業の一時間以上前に出勤する者もいるため、午前六時過ぎには到着して自宅前で待っていたが、出てくる様子はなかった。

新聞記者ならインターホンを押すのだろうが、週刊誌記者が同じことをすれば嫌がれる。ただでさえ朝からインターホンを押されたら気分がいいものではない。そのため正義は、朝の取材は急《せ》かさずに待つようにしている。

午前七時を過ぎて男が出てきた。

この道のスペシャリストと聞いたから、堅物のしかつめらしい刑事を想像していたが、その男は背が高く、歳はそれなりにいっていそうであるものの、顔も若々しくて、思い浮かべていた職人肌刑事とは違った。

もしかして別人か？　同僚刑事などが宿泊した可能性もゼロではないが、それはないと確信した。

その刑事はつねに黒シャツを着ている——教えてくれた元刑事が話していた通り、出てきた男の、ファスナーが半分ほどまでで止まっていた黒いブルゾンの下からは、黒色の襟付きシャツが見えた。信楽で間違いない。

信楽は玄関から五メートルほど離れた場所に立っていた正義に目を光らせた。スマートな印象なのに、目つきは剛腕刑事の眼差《まなざ》しそのものだった。

「おはようございます」

礼儀正しく頭を下げたが、無視された。これは想定内である。ここで見ず知らずの人間におはようと返してくる刑事は、調子がよくて、会話になっても上手《うま》くはぐらかされるだけだ。

「週刊タイムズのデスクをやっている新見正義と言います」

一歩ずつ間を詰めながら名刺を出す。

「悪いけど、私は名刺を受け取らない主義なんです」

鋭く突き刺さった目つきが嘘のように口調は優しかった。信楽は正義を一瞥《いちべつ》しただけで、勝手に歩き出す。

「ご存じだと思いますが、沼田正樹の告白記事を載せたのがうちの雑誌です」

名刺を拒否されることとくらい日常茶飯事なので、気にせず会話を続ける。

「もう一つ、あなたに伝え忘れました。私は基本、自宅での取材は受けないことにしています」

基本と言ったことが気になったが、単なる言葉の綾《あや》か。だが続く言葉はさすがに腹に据えかねた。

「とくに週刊誌には」

新聞はよくて週刊誌は悪いと聞こえたが、ここで感情を乱していては、世間の嫌われ者の週刊誌記者は務まらない。

「なにも答えていただかなくて結構ですので、駅まで隣を歩いてよろしいでしょうか」

断られるのを承知で尋ねる。断られてもしばらくは粘る。

「歩いても無駄だと思いますが」

絶対拒否ではなかった。許しておきながら途中でついてくるなと怒り出す刑事もいる。

「さきほどとくに週刊誌の記者の取材は受けないとおっしゃいましたが、それはどうしてですか」

答えが見えている質問をあえてした。

「週刊誌はよく調べずに、なんでもすぐに書くからですよ」

予想していたよりきつい回答だった。

「締め切りがありますから早く載せようとしますが、事実でないことを書いたことはありませんが」

聞き捨てならないと言い返した。信楽の返答がなかったから、「すぐに書くというのは、新聞記者のように書いていいか、確認を取りに来ないからですか」と言い重ねる。

新聞記者の全員がそうしているわけではないが、書く直前に捜査一課長や特捜部長、もしくはその下の幹部のもとに裏取りに行く。書くなと言われても書く記者もいれば、書かない記者もいる。週刊誌はそんな面倒なことはしない。

必ず当事者本人には当たる、あるいは事務所に質問状を出すようにしているが、あくまでも取材対象者、事件でいうなら嫌疑をかけられた者であって、そこに取り調べる側の刑事や検事は存在しない。

新聞記者にしても記者クラブに所属している以上、後になってどうして確認を取らなかったんだと取材拒否などをされるから、確認するだけだ。メディアが独自で取材したことを、事前に権力側に知らせることは、本来は不必要だと彼らも思っている。

「確認を取る、取らないではないです。私が言ってるのは後先を考えずに書く週刊誌が多いということです。そもそもあなたたちは、新聞記者を取材してるんでしょ？」

「してなくはないですが、全部が新聞記者をネタ元にしているわけではないですよ」

今回の告白記事がそうだ。新聞記者などまったく頼っていない。

それに、新聞記者から「新聞では書けないんで」と、情報料を目当てにネタを提供してくることもある。自社の媒体で書かないで他所《よそ》に流す新聞記者よりは、週刊誌記者の方がよほどジャーナリストらしい。

ただそんなことを言ってもこの刑事には通じないと、「事実、こうして私が直接、信楽さんを取材しに来ています」と言った。ちょうど隣を、改造車が爆音を立てて通り過ぎたため、信楽の耳まで届いたかどうかは分からない。

しばらく通勤時間帯の住宅地に、二人の足音だけが響く。これではじきに駅に着いてしまうと、正義は直球の質問を投じることにした。

「遺体が出てきたということは、沼田と引き当たりして、彼が指定した場所から発見できたのだと思います。それなのに事件化しないのはなぜですか」

殺害ではなく病死のまま放置されたケースでも、死亡届のない遺体が出たら死体遺棄罪を適用する。

沼田の場合、殺人と死体遺棄罪、もしくは浅越が生きていたのに埋めて殺したとしたら残虐性が認定され、二十年以上の刑となる。死刑とは比較にならないが、重罪だ。

「事件化していないわけではないですよ。捜査一課長からも発表があったはずです」

「その場合、沼田を遺棄罪で逮捕しますよね。それなのに警察は逮捕状も請求していません」

沼田の名前すら出していない。

信楽は黙ってしまった。会ったばかりの記者にいきなり捜査批判のようなことを言われたら、大概の刑事は気分を害する。

「信楽さんはこうした遺体遺棄事件を長年担当されているスペシャリストだと聞いています。たくさんの事件を調べてきただけに、本当に沼田の犯行か、慎重になられているのですね」

持ち上げたが無駄だった。どうやら他の刑事同様、この刑事はメディアの中でも特段、週刊誌が嫌いのようだ。

「話していただけないのは、私が書くことを確認に来ない週刊誌の記者だからですね。ですが闇に埋もれた殺人事件を掘り起こして表に出したい、その思いは新聞記者と同じです」

「私は基本、新聞記者でも話しませんよ」

ようやく会話が再開された。また基本だ。

話はしないが、有意義な内容なら知りたいと思っているのではないか。過去の取材でも、途中まで完無視だったのに、話した情報が有益だと思ったのか、急に態度を変えた刑事がいた。つねに情報に飢えている有能な刑事は、メディアを媒体ごとに格付けしたり、週刊誌というだけで邪険にしたりはしない。

「基本ということは、話す新聞記者もいるということですか。それは捜査に協力的な記者ですか」

協力的という点なら自分も自信がある。週刊タイムズは沼田本人に度重なる取材をして、もう一つの殺人を告白させたのだ。発売前に若い刑事が沼田に会いに行ったが、話を聞いたのは自分たちの方が先である。

「協力的だけじゃないです。もっと大事なことがあります」

「大事なこととはなんですか」

「分かっていないことを勝手に書く記者には私はなにも話しません」

「捜査妨害をするなと言いたいんですね。それだと私たちは、警察から承諾を得るまではなにも書けないことになります」

権力に取材・発表をコントロールされていては、民主主義のメディアとは言えない。

「違いますよ、根拠のないことをよく調べもせずに書く記者のことを言ってるんです」

冷静だと自己分析する正義も、次第に頭が熱くなってきた。

「私たちは今回の記事には自信を持っています。信楽さんだから話しますが、東京拘置所で一緒になったある事件の被疑者に、沼田から近づいて、メディアを紹介してほしいと頼んだんです。沼田には私ではなく、部下が会いに行きましたが、その部下も慎重な性格で、沼田の言うままに記事にしたわけではありません。沼田はなにも控訴審の中止が目的で、浅越功殺しを告白したわけではない。警戒しながら聞き取りを重ね、裏付け取材をした上で掲載に至りました」

必死に説明するが、反応はない。ただ横顔で判断する限り、一応聞く耳を持ってくれているように窺《うかが》い取れる。

「記事を読んでいただいたのならお分かりだと思いますが、幼い頃から順番に書いたのも、そうしないことには、沼田がどうして急に告白をしたのか、読み手に伝わらないと思ったからです。とはいっても私は直前まで、部下が書き終えた原稿を掲載していいのかと悩みました。なぜならば、司法が下した判決を、本人がそう言っているからといって俎上《そじょう》に載せ、騒ぎ立て、死刑反対運動をしている団体を焚《た》きつけていいものか考えたからです。ただ、最後にもう一度東拘に確認に行った部下が、沼田から捜査一課の若い刑事が来たと聞き、掲載を決めました。警察も少なくとも浅越さんの事件に関心を持った。それだけでも世間に知らせる意義があると思ったからです」

自分でも驚くほど言葉が湧きあがってきて、長広舌となった。

警察は関心を持っただけではない。沼田を聴取し、現場を案内させ、発掘して遺体を発見したのだ。この時点で充分、逮捕に値する。

だがこの刑事は逮捕しなかった。

その理由は、一審で死刑判決が出た被告に、さらなる裁判という波風を立てたくなかった、不都合な真実としてこのまま闇に葬りたいからではないのか。

「信楽さんはうちの取材になにか不満はおありですか。もしくは沼田の告白が嘘だと疑っておられるのでしょうか。継母は五年前に亡くなっており、妹二人も消息は分かっていませんが、継母から虐待されていたこと、高校時代の事件、その時に怪我を負わせた矢代組組長の矢代亘一が障害者手帳を持っていることなど、あらゆる箇所で裏を取りました」

胸を張って言い放った。

週刊タイムズに飛ばし記事が出ないことはないが、新見班は読者の信頼を失うような雑な掲載はしない。「疑わしいと分かって載せたことは一度もありませんよ」と続けた。

　読者やネットユーザーの目を惹《ひ》き付けるためだけの見出しも使わない。今回にしたって、《生き埋め》という編集長の要求を、ゲラの段階になってから「不確実な見出しはやめておきましょう」と言って《殺して埋めた》に変えたのだ。そのせいでデジタル担当の営業からは、「見出しが『生き埋め』だったら、何倍もビューを稼げたのに」と嫌みを言われた。

「信楽さんはうちの記事を読まれましたか。それくらいは答えてくれてもいいんじゃないですか」

　分かり切った質問をする。

「読みましたよ」

　そりゃ読むだろう。部下の刑事の行動まで書いたのだ。警視庁内でも騒ぎになったはずだ。

「パラパラとめくっただけではないですよね」

　これは言い過ぎか。無視されると感じたが、案に相違して返事がある。

「そんなことはしません。何度も繰り返して目を通しました」

　見たよ、くらいは言われるが、何度も繰り返し目を通したと刑事から言われたのは、長い記者生活でも初めてかもしれない。

「読まれてどう思いました」

「興味深い内容だと思いました」

それも意外だった。そこまで関心を抱いてくれたのなら、事件の核心を話してくれてもいい。

「だから沼田の引き当たりをしたんですものね」

その部分は無言だった。沼田の実況見分をしたことは未発表である。専門家とはいえ平刑事の身分の信楽には答えられないのだろう。

引き当たりしたかどうかは、今日にも明らかになる、そう確信を強めている正義は、あえて信楽に確認する必要はないと、話を先に進めた。

「どのあたりを興味深いと思われたかをお尋ねしたいところですが、それだと捜査の邪魔になるから今は聞きません。逆に納得されていない部分があれば、教えてくれませんか」

教えてくれれば再取材する。信楽はなにも言えないと思った。それくらい今回の取材に、正義は自信を持っている。おそらく無視される。

「私が言っているのはそんなディテールではありませんよ」

ディテール？　刑事は普通、そのような語句は使わない。長い原稿を書く出版界の語句だ。

「お言葉ですが、私たち編集者はまさしくそのディテールを大切にしています。ディテールの積み重ねが、被疑者がなぜこんな事件を起こしたのか、我々がもっとも知りたい犯罪の深層に繋《つな》がるからです」

沼田という犯罪者がどのように生まれたのか、ディテールの積み重ねによって彼の人生像が浮かび上がってきた。それを知らずして事件の背景は見えない。

「そうした小さなことを一つずつ詳《つまび》らかにしていくことは私たち警察官だって同じですよ。だけど今回は、彼の過去のさまざまな経験より大事なことがあります」

「大事なことってなんですか」

「沼田がなぜ今になって告白したかということです」

「それは控訴審が近づいてきたからじゃないですか。一審判決が支持されれば、沼田の死刑は確定し、あとは執行を待つだけになります」

刑事訴訟法で、判決確定日から六ヵ月以内と定められている死刑執行だが、法務大臣が評判悪化を恐れてサインをしなかったりで、今は執行までおよそ五年と言われている。だが当事者は、次は自分の番だと怯《おび》えながら、毎朝の看守の足音を聞くことになる。

「あなたの説明だと、控訴審の中止ではないと言った告白の目的に、矛盾しませんか」

指摘され、正義は失言だったと悔やんだ。だが機転が利いた。

「死刑確定の前にすべてを話しておこうと思ったんでしょう。被害者への贖罪《しょくざい》です」

言ってから、沼田に肩入れしすぎているとも感じた。これこそ古谷に指摘した究極の性善説である。

「今のは取り消します。沼田がなぜ今、告白したかは我々も今一度調べますが、沼田がここまで明かした理由は理解できています。うちの記者と沼田被告の間には信頼関係があるからです。我々は沼田が嘘をついていないと確信しています」

「それだと警察とは信頼関係がないから、沼田は事実を供述していないことになりませんか」

「信頼しているから、遺棄現場を告白したのではないですか。むしろ信頼していないのは、浅越さん殺しを沼田の犯行だと断定しない警察の方です」

警察はメンツを優先して真実から目を背けている。そう責めたつもりだった。

熱弁も信楽にはスルーされた。遺棄場所を自供したのが沼田であることは、口外しないよう強い命令が出ているのかもしれない。

「遺体が出てきたのに、警察が沼田を逮捕しないのは、殺人事件として捜査すれば、一度決まった控訴審日程が振り出しに戻るから、そうとしか考えられません。我々はメディアの使命として、引き続き沼田正樹の浅越功さん殺しを追及していくつもりです」

すっかり気持ちが昂《たかぶ》った正義は強い口調で言い切った。本心ではルカーズの二人殺しは冤罪《えんざい》ではないかとも言いたかったが、そう言えばまた沼田の告白が死刑逃れとされる。堂々巡りになるのを避けて、そのことは呑《の》み込んだ。

「もういいですか。こうして記者と話しているのを他に目撃されると、私は毎朝、記者を引き連れて出勤しないといけなくなります」

駅までのちょうど半分くらいの地点、コンビニがあるあたりで信楽に言われ、正義は取材をやめた。普段ならもう少し粘るが、今日が挨拶《あいさつ》した初日だ。ここで嫌われて、肝心の時に無視されたら、元も子もない。

「分かりました。今日はありがとうございました」

礼を言うことなどなかったが、また来ますという意味を込めて、頭を下げた。

立ち止まったことでおのずと信楽から離れる。直接取材初日は、あまり意味はなかった。

もう一人、この捜査を専門的にやっている、おそらく沼田に会いに行ったと思われる森内という名の刑事のもとには、今朝古谷を行かせた。ズボンのポケットからスマホを出して、古谷の番号をタップする。古谷はワンコールで出た。

「健太郎、今、大丈夫か」

〈はい、終わりました。成果というにはほど遠い内容ですが、それなりに摑《つか》めました〉

「なにを摑めたんだよ」

〈森内刑事は沼田の犯行だと思っていますよ〉

「浅越功の殺しの件か。それとも半グレを二人殺した事件と両方ともか」

〈半グレ殺しについてはノーコメントです。浅越殺しについても具体的な回答があったわけではないのですが、俺が「沼田に会いに行ったのは警察のお手付きだった、脇が甘かったんじゃないですか」と言ったら、怖い顔で睨《にら》んできました〉

「挑発したんだな」

非難しているわけではない。正義も、失礼なことを言って信楽の心を乱そうと試みた。

結局、空振りに終わったが。

〈正攻法でいっても、下っ端刑事はまともに答えないですからね。その上で、遺体が出てきたのに沼田を逮捕しないのは警察の怠慢じゃないかと言ったら、ひと言「やってる」と吐き捨てました〉

「やってるとは、逮捕するってことか」

〈はっきりしないですけど、ムキになったということは、沼田に会いに行った森内刑事は、沼田を殺人罪で逮捕すべきだと主張している。だけど上が反対しているんじゃないですかね。都合よく想像し過ぎかもしれませんが〉

「意見が割れているというのはありうるかもしれないな。俺が会った信楽刑事は、健太郎が感じた真逆の反応だったから」

〈沼田の仕業ではないと否定したのですか〉

「それはない。ただ、うちの記事に誤りがないか質《ただ》したところ、急にディテールという言葉を使って、沼田がなぜ今になって告白したのか、訊《き》いてきたよ」

〈それは控訴審を中止させるためじゃないですか〉

「それだと沼田の言葉と合わなくなるぞ」

〈あっ、沼田は小林に「死刑になっても構わない」と言っているんでしたね〉

古谷のことは非難できなかった。正義も同じことを口にし、信楽から矛盾を指摘された。

だがこの後の捜査次第で、ルカーズ殺しは逆転無罪となる可能性だってあるのだから、そう思われようが、週刊タイムズには差支えはない。

本当にルカーズ殺しは他の者の仕業であるなら、今後、沼田は刑事にそう訴えるだろうし、警察や検察が動かないのであれば、弁護士が世論に訴えていく。

自分たちもその時はメディアとして当然の使命を果たす。メディアの使命とは、無罪を訴える人間の手助けではなく、真実を明らかにすることである。

古谷には信楽とのやりとりを話した。「週刊誌はよく調べずに、なんでもすぐに書く」と言った時は憤っていた。それでも〈警察より先回りで取材を進めて、その刑事をギャフンと言わせてやりましょうよ〉と意気込んだ。

「そうだな、その意気だな」

〈通称二係捜査、遺体のない殺人事件は、信楽刑事と森内刑事の二人だけが担当しているんです。その二人が対立しているとなると、面白くなりそうですね〉

「対立といっても、警察は特殊な組織だからな。その森内って刑事がよほど正義感の強い刑事でないと、上の指示なしに、沼田がやったという証拠集めには動かないだろう」

〈事件を見て見ぬ振りをする信楽のせいで、森内刑事は飛ばされるんじゃないですか。可哀想に〉

古谷は森内に同情した。怖い顔で睨んだ森内は、古谷の目には気骨のある刑事として映ったようだ。正義も使命感の強い若手刑事を想像した。

対して信楽はどうだろう。記事を何度も読み「興味深い内容だと思った」と言った信楽を、古谷が言うほど無責任な刑事とは思えなかった。

ただし摑みどころがないとは感じた。敏腕刑事らしくないとも。それは信楽が最後まで丁寧な言葉遣いだったせいかもしれない。ですます調より、偉ぶったべらんめえ口調の方が、有能な刑事のイメージがある。

古谷はこれから、《元捜査一課》という肩書でワイドショーのコメンテーターの常連になっている元刑事に会って、今後どのような展開が予想されるかを取材することになっている。

犯罪ジャーナリスト気取りで事件の展開を語るそのコメンテーターが某県警の捜査一課にいたのは事実だが、実際は一年にも満たない短期間で、所轄に戻った時は刑事課ではなかったから、あまり有能ではなかったのだろう。

それが分かっていて、古谷も付き合っているし、正義も取材に行かせる。

自分たちの記事の方向に合わせながら、使えるコメントをしてくれる識者は、正直ありがたい。

こんなことを言うと、疑わしいと分かって載せたことは一度もないと信楽に言ったことの筋が通らなくなるが、コメントは読者が理解しやすいよう補塡《ほてん》する役目でしかなく、原稿の幹にするわけではない。

〈新見さんの方はこれから大事な取材ですね。頑張ってくださいね〉

「本来なら健太郎が適任だけど。悪いな、デスクなのに出しゃばって」

〈俺が行くと小林は萎縮《いしゅく》しますから、新見さんの方がいいと思います〉

本当は自分が行きたいのに引いてくれた。こんな機会、一生に一度あるかどうかだ。かつては正義の後ろにくっついていたが、今は自分が週刊タイムズのエースだと自負する古谷なら、俺が行かないで誰が行くんだ、それが本音だろう。

「健太郎はしばらく取材より、『書き』の方で頼むよ。次号での告白の続報は難しいだろうから、来週号は警察批判で繋《つな》ぐことになりそうだ」

〈夜にはまた捜査一課担の新聞記者に電話して、信楽刑事と森内刑事が対立しているのか、聞いときます。事実ならそれでしばらく、お茶を濁してもいいわけですし〉

「刑事の対立なら充分、読者を惹《ひ》き付けるネタになるよ、頼んだぞ」

そう言って電話を切る。

警察批判、安易に使う言葉ではないが、警察が浅越の遺体発見の発表に沼田の名を出さない以上はそう言いたくなる。

いくら警察が隠そうが、これから数時間後には沼田の供述通りに骨が出たことが明らかになるのだ。

思い返せば、信楽が取材に協力的でなくて良かった。

話すから書くな、書いたら二度と取材を受けないぞ。そう言われたら、権力の言いなりにならないと誇りを持って取材している正義でも、迷いが生じていた。

8

広大な敷地に建つ、中央棟を挟んで南北にX字に延びた大きな建物が待ち合わせ場所だった。

東京拘置所、通称「東拘」、もしくは所在地である「小菅」とも呼ばれる。

正義は約束の十分前に到着したのだが、真面目な小林は先に来ていた。

いい記事を書いても、古谷のように得意顔になる男ではないが、遺体発見を警察が発表して以来、見違えるほど自信が漲《みなぎ》っている。

記者は事件で鍛えられる。それは今回のような勝利だけでなく、他誌に抜かれたり、誤報を打ったりした時でも同様だ。

どんな結果になろうが、前に進んでいくことが大切だ。今回の沼田の告白記事で、編集長から「小林もいよいよスクープ賞だな」と告げられたが、小林は笑顔一つ見せなかった。小林の気持ちが正義には分かる。まだすべてが明らかになったわけではない。隠された事実を調べ上げ、世に明かしていきたいと取材に夢中になっている最中に、スクープ賞だと言われても、それは勝敗が明らかになっていない試合中に褒められるスポーツ選手と同じで、嬉《うれ》しくもない。戦っている限り、記者も結果が全部出てから、評価されたい。

「お疲れさまです」

「早いな、さすが小林は準備に余念がない」

「早く来ても、待たされるのは覚悟しておいてくださいね。前回はシャワーの時間と重なったからと、二時間待たされました」

「大丈夫だよ、俺も横浜《よこはま》で拘置支所取材の経験はある。さすがに死刑となると初めてだけど」

一九九七年から芸術的な近代建築に建て替えられた東京拘置所には、死刑囚のみならず、昭和の偉大な宰相、大物代議士、世間を騒がせた新興宗教の教祖、大企業の経営者、そうそうたる人物が収監されてきた。そこに自分も足を踏み入れるのかと思うと、自《おの》ずと身が引き締まる。

入口で手続きする。小林は慣れた手つきで、自分の住所、氏名などを書いていく。

面会相手の欄には「沼田正樹」、関係は「知人」、用件は「安否」のところを丸で囲んだ。

死刑判決が確定するまでは、収容者が了解すれば、会わせるのが拘置施設の基本方針だ。資料や書籍などの差し入れも、証拠隠滅、口裏合わせなどの心配がなければ、ほぼ自由に渡せる。

正義が過去に、研究費の横領で逮捕された大学教授に会いに行った横浜拘置支所も同様だった。取材をさせてもらう代わりに、大学教授に頼まれた書籍などを差し入れした。

正義も小林同様に記入した。番号札が小林に渡され、大部屋に移動する。横浜拘置支所には待合室があったが、東拘はここで待つようだ。

部屋には入ってすぐのところからたくさんの椅子があり、モニターに自分の番号が表示されるのを待つ。大きな病院の受付とよく似ていた。

この日は五分ほどで自分たちの番号が点灯した。

持っていいのはペンとメモだけ。すでにスマホなどはバッグに入れてロッカーに預けた。差し入れする場合も、直接ではなく、専用の窓口で職員を通して渡す。これは正義が経験した横浜と同じだった。

大部屋を出ると、職員が立っていて、彼の案内で進んでいく。しばらくいくと、金属探知機があった。

音が鳴らずに無事通過すると、小林と二人でエレベーターホールに向かう。ずいぶんな距離を感じた。だが面会時間は、職員の胸三寸で一方的に打ち切られることもある。要領よく質問するために頭を整理するにはちょうどいい距離かもしれない。

ようやくエレベーターが見えた。小林は向かい合っているうちの一基に乗り、十階のボタンを押した。

「上の方なんだな」

二人だけの室内だが、正義は声を殺した。

「はい、九階から十一階は、死刑関連が多くいるみたいです」

小林は普通の声で返した。頼もしく感じるほど今日の小林は堂々としている。ゆっくりと上昇したエレベーターが停止し、ドアが開く。そこには職員が立っていた。そこから先は職員の後ろにつき、二手に分かれた左側の通路を進んでいく。面会室までの距離はすぐだった。十個ほどの扉があるうちの一つのドアノブを職員が回すと、中はアクリル板で仕切られた、白っぽくて無機質な部屋だった。

正義たちは着席する。これから会う相手が、二人の半グレを拳銃《けんじゅう》で射殺した殺人犯だと思うと、生々しさに肌が粟立《あわだ》つ。

数分もしないうちに職員につれられ、グレーのスエットを着た沼田が現れた。手錠はしていない。

背が高く、細面で顔が小さい。左の額、髪の生え際にケロイド状の傷跡があった。これが継母に蹴《け》られてドアに頭から突っ込み、自分で止血したという痕《あと》だ。また一つ、事実が確認できた。

刑務所暮らしをすると一般的に痩《や》せ、中年以上は老けていくイメージだが、スエット姿の沼田は顔も体つきも実年齢より十歳くらい若く見える。ただしその表情には、週刊誌に接触して告白した達成感や、これから死刑判決を覆そうという意志は見られなかった。

「今日はデスクの新見を連れてきました。新見が沼田さんの記事の掲載を許可してくれました」

小林からそう紹介された正義は、自分の口から自己紹介する。

「新見です。今回はよく小林に話してくれました。ありがとうございました」

「こちらこそ私の話を信じてくれた週刊誌さんには感謝しています」

ヤクザだったとは思えない丁寧な言葉遣いで受け答えをする。その横から職員は離れることなく、素早い手の動きでメモを取る。

「警察は浅越の遺体を発見しましたが、沼田さんが実況見分に立ち会ったんですよね」

「はい」

やっぱりそうだった。というより、それ以外考えられなかった。

「遺体は沼田さんの示した場所から出てきたのですね」

「去年は雑木林だったのが、宅地開発され、最初見た時は別の場所かと戸惑いました。だんだん雰囲気を思い出し、このあたりと言ったところから出てきました」

「このあたりとはどれくらいの範囲ですか」

「十メートル四方ですかね。もう少し広かったかもしれませんが」

「よく見つかりましたね」

「残っていた木が、目印になりました。それに警察はショベルカーを用意していましたので、見つかるまでは早かったです」

なるほど、おおよそこのあたりと言ったことも、沼田を死体遺棄罪で逮捕しない警察のエクスキューズになっている。ピンポイントで特定していたのなら、逮捕せざるをえなかったはずだ。

沼田の供述の曖昧《あいまい》さを理由に、警察がこのまま放置したとしても、タイムズで今日の話を掲載すれば必ずや話題となり、反権力のジャーナリストや弁護士が援護してくれる。告白には勇気がいる。自分の言った場所から遺体が出てこなければ、自供の信憑性《しんぴょうせい》が薄れるのだから。

「ところで今回の告白では、控訴審が控えているため、判決が出た事件については割愛すると断りを入れていますが、ルカーズの二人を殺したのは沼田さんではない、他の組員ですよね。そしてそれを命じたのはYさんこと矢代組長ではないですか。沼田さんはなぜ今までそれを言わなかったのですか」

本来なら新しい殺人を自供することより、やってもいなかった事件の再捜査を訴えるのが先だ。

「今の弁護士からも、新しい証拠がない限り、第一審の判決を控訴審で覆すのは難しいと言われましたので」

裁判用語は普通に出てくる。告白記事では自分は無知であるように語っていたが、正義には知性があるように感じられた。もっとも沼田は過去二度の傷害での実刑、少年院行きを命じられた家裁を含めたら四度の逮捕を経験しているのだから、裁判用語にも詳しくはなる。

「法廷では否認しましたが、取調べは黙秘だったため、裁判ではその理由を裁判官から問われましたよね。ですが沼田さんは答えなかった。取調べから黙秘したのはなぜですか」

「ペラペラ喋《しゃべ》るのは自分の生き様に反すると思ったからです」

「仲間を売ることになるからですか」

「それをするなら罪を被《かぶ》る方がマシ。そう思ってこれまで生きてきました」

過去の犯罪にも、彼の漢気《おとこぎ》が見え隠れする。傷害事件は、組の若い衆が複数から暴行を受けたり、後輩が売られた喧嘩《けんか》で相手が武器を使ってきたりなど理由がある。浅越功殺しにしたって、借金を返済しない矢代に非はあるが、浅越が借用書を対立するルカーズに売り渡そうとしたからだ。

そう勘案すると一つ疑問が浮かんだ。

「誰がやったかは訊《き》きませんが、ルカーズの二人が殺された前日に浅越功を殺したのですよね。ルカーズは、葉村聖樹が絶対的なボスだった。葉村を殺せば、浅越の脅しを恐れることはなかったのではないですか」

「どういう意味でしょうか」

「借用書のことです。葉村なきルカーズに渡しても、矢代組はびくともしなかったのでは？」

浅越を殺す意味はなかったというのが正義の脳裏に浮かんだ率直な疑問だ。

「組が対立していたのはルカーズだけではありません。他の反社連中もうちのドラッグのマーケットは欲しがっていました。矢代はそれを心配していました」

そこは納得できた。ただ再び別の疑問が湧き上がる。

「さきほど仁義に反すると言ったのに、矢代組長の関わりを告白しているのはなぜですか。いえ、沼田さんはけっして、矢代組長が正犯とは言っていません。ですけど沼田さんでないとすると、当然矢代組の誰かがルカーズの二人を殺《や》ったことになります。命令したのは矢代組長だと我々でも想像がつきます」

正義の投じた質問に沼田は鼻根に皺《しわ》を寄せた。正義のことを自分の味方ではないと感じたのではないか。

沼田は視線を小林に向けた。信楽の前では、うちの小林と沼田との間には信頼関係があると話したが、これでは築いた二人の関係を正義がぶち壊したも同然である。

小林も沼田を宥《なだ》めたり、調子のいいことを言って機嫌を取ったりはしなかった。

「沼田さん、僕も取材をしながら、ずっとそのことに疑問を覚えました。矢代組長との間にこの数カ月で、なにかあったのではないですか」

「なにもないですよ」

視線を逸《そ》らして小声で吐く。

「組に誘ってくれたのは矢代組長で、助けてもらったようなニュアンスで話されましたが、恩は感じていても、けっして矢代組長を許していない、最後にはそう感じました」

「…………」

流暢《りゅうちょう》に喋っていた沼田の口が重くなる。

「そう感じたのは、取材の早い段階で高校時代の一件を沼田さんが話してくれていたからです。シノギをくれた矢代亘一を、救世主のように言いましたが、違いますよね。矢代さんが高校の公式戦デビュー戦の前夜に、沼田さんにひどい悪戯《いたずら》をしなければ、沼田さんはサッカー選手として活躍していたかもしれない。もしかしたらＪリーガーにだってなれたかもしれない」

「そんなに甘い世界じゃないです」

久々に沼田が発言する。だが小林の思いやりが通じたというには程遠い。

「厳しい世界だとしても、チャレンジすることすら、矢代亘一に潰《つぶ》されたんじゃないですか」

沼田は唇を噛《か》んだ。小林の推理が当たっているように正義には思えてきた。

「プロになるのは厳しかったとしても、矢代亘一に目に薬を塗られなければ、沼田さんは矢代亘一を呼び出さなかった。元から喧嘩などする人ではなかったのですから、あの一件がなければ、少年院に入ることも、ヤクザになることもなかったのではないですか。普通の仕事をし、今頃、結婚して、子供がいてと、普通の人と同じような家庭を築けたのではないですか」

「もういいです！」

沼田が興奮気味に叫んだ。

「小林！」

真実を知ろうと必死になっているのは分かるが、これでは逆効果だ。正義は小林の膝《ひざ》に手を置いて窘《たしな》める。

「すみません、沼田さん」

小林に代わって、正義が頭を下げた。沼田は目もくれず、むくれている。

「沼田さんが今になって告白したのは、人として、自分がやったことを明らかにし、借用書をルカーズに渡そうとしたとはいえ、寂しい雑木林の土の中で眠る浅越さんを成仏させてあげようと思ったからだと受け取っています。その結果、捜査が開始され、沼田さんの一審判決も覆されるでしょう」

沼田の心を再び開かせようと、正義は必死に喋り続ける。

美辞麗句を並べているという自覚はあった。半グレ殺しについては、古谷が沼田の犯行だと司法が断定した証拠を摑《つか》んできた。自分たちの手中に、冤罪《えんざい》であるという根拠はなに一つない。

「沼田さん、我々はできれば第二弾もやりたいと思っています。第二弾では殺して埋めたで終わっていた浅越さん殺しについて、もっと詳しく話していただけませんか。そして、ルカーズの葉村聖樹とボディーガードの水木が殺された件についても。沼田さんは浅越さん事件前後は、簡易宿所に泊まっていたわけですから、その時の組の内情は知らなかったのでしょうが、それでも矢代組長がルカーズ相手に焦っていたとか、誰かにそのような命令をしていたとか、あるいは鉄砲玉に命じられた組員が困っていたとか……当時のことであればなんでもいいです、前回のように時系列通りに語ってくれなくても結構です。覚えていることだけを思い出したまま言ってくれても」

まだ興奮しているのか、沼田の息は乱れている。

いや、興奮しているのは正義の方だ。小林のミスを取り返そうと必死に口説いたつもりだが、追い込んでいるようで沼田をますます殻の中に閉じ込めてしまった。これはまずいと一旦《いったん》、息をついて冷静になる。

「お願いします。二人で来ると沼田さんも落ち着いて話せないでしょうから、次回は小林一人で来させます。小林は本当に沼田さんのことを考えていて、今回の告白記事も、真実を語っているのだから絶対に掲載すべきだと、私に訴えてきたんです。彼は沼田さんの理解者です。小林を信用してあげてください」

これも、メディアは中立であって、どちらの側にも付かないという正義の主義に反する。だが続報を掲載するには、まずは小林との信頼関係の回復から始めなくてはならない。

「お二人は、私が矢代に恩を感じたことがない、だから矢代のために浅越さんを殺したりしないと疑っているんじゃないですか」

もう何も話さないと思っていた沼田が再び口を開いた。

「恩を感じていないとは思っていません」

小林は否定したが、正義にとってはずっと燻《くすぶ》っていた疑いの一つである。いくら組で楽をさせてもらったからといって、矢代との出会いがなければ暴力団組員にもなっていない。死刑判決も受けなかった。

「私はそう思っています。だからと言って、矢代亘一の代わりはやらないとは思っていません。沼田さんが告白記事で言った『最初からこういう時のために俺を誘ったくせしやがって』という言葉が本心だと思っています」

正義は本音を隠すのをやめた。

「お二人は、私が矢代を許していないと思っているんじゃないですか」

小林の前で、矢代の狡猾《こうかつ》さを非難しておきながら、沼田は告白をひっくり返すようなことを言った。

「高校での一件は許したということですか」

「理由は簡単です、報復はすでに済んでいるからですよ」

「報復とは？」

「矢代の足を見ればわかります。いくら悪巧みに長《た》けた男でも、足が悪ければ伯父《おじ》の組でもトップまで伸《の》し上がってはいけません」

「そのために沼田さんが必要だと言ってましたよね」

小林が補足する。

「私と矢代は持ちつ持たれつの関係になっていた。ヤツは私を利用したけど、私も矢代を利用したんですよ」

沼田の話はよく理解できた。ただこれまでの遠慮がちな沼田と口調が違っていた。太々《ふてぶて》しくさえ聞こえた。

「終わりです」

沼田の横で膨大な量のメモを取っていた職員に、唐突に終了を告げられた。まもなく沼田が入って二十分。小林から面会時間は十分から三十分、職員によって異なると聞かされていたが、二十分なら上等だろう。

指示に従わないと次回以降の面会ができなくなる。そう思って「続きは次回、小林に話してください」と言い、正義は開いたままなにも書いていないノートを閉じた。小林も同じことをした。

ところが沼田は会話をやめなかった。

「実は前回の記事、訂正してほしい箇所があるんですよ」

言葉は丁寧だが、毒のようなものを感じた。

「訂正ってなんですか」

「去年の話だったので、記憶違いをしていました」

まさか浅越を殺していないと言い出すのではあるまいか。悍《おぞ》ましさを覚えながら耳を傾ける。

沼田が言ったことは、恐れた悍ましさをはるかに超えていた。

「私が浅越を殺したのは六月六日の午後十一時と言いましたけど、記憶違いしていました。浅越を殺したのは六月七日の同時刻です」

六月七日――。

それはまさに沼田が半グレの二人を殺害した日だった。

そんな馬鹿な、そう訊《き》き返そうとしたが、職員の怒気を混ぜた声が耳朶《じだ》に触れる。

「沼田さん、いい加減にしないと面会禁止にしますよ」

なぜそんな記憶違いをしたのか。訊き返そうとした時には、アクリル板の向こうの沼田は背を向け、扉を出ていこうとしていた。

9

昨日、洸は信楽に連れられて、矢代組の総本部に行った。

本部といっても捜査令状があるわけでもなく、総本部ビルから、十メートルほど離れた場所から眺めただけだ。付近を見回すが、暴力団事務所ではよく見かける警察車両らしき監視もなかった。

信楽からは「調べてみよう」と言われて、警視庁を出ただけに、沼田に会って、浅越殺しについてさらなる供述を引き出すのだと思い、訊くべきことを整理した。

信楽には、どうして沼田に会いにいかないのですかと訊いたが、「それも大事だけど、矢代亘一という男がどんな人間なのか、顔くらい拝んでおいた方がいいだろ?」と言われた。


矢代組は博徒系で、三ツ和一家の三次団体にあたる。

週刊タイムズに書いてあったように、沼田が組員になってしばらくした二十年ほど前から、現組長の矢代亘一によって徐々にシノギを変え、勢力を拡大した。

だが、他の組と同様に暴排条例による暴力団排除活動が進んだことで、組員はここ数年で半減。中でも無法者集団とも呼ばれた半グレグループ、ルカーズとの抗争のダメージが大きかったようだ。

ルカーズトップを射殺したことで、抗争に終止符は打たれたが、その代償は並大抵のものではなかった。近隣住民から暴力団排除運動のターゲットにされた。警察からは薬物を取り締まるため徹底的に目を付けられ、今はほとんどドラッグは扱っていないというのが所轄の報告である。

外から眺めた矢代組の総本部は、どこにでもある古い雑居ビルで、ここが暴力団事務所とは思えなかった。

沼田の記事によれば、かつては矢代組という看板を出していたようだが、今は看板が周囲を威圧すると、警察の注意が入る。看板だけでは法での取り締まりができないため、出し続けている組もあるが、矢代組では看板に限らず、防犯カメラもなく、仰々しさはまったく感じない。

十五分もしないうちに黒い大型のミニバンがビルの前に停まった。

——いいタイミングだな。組長様が帰ってきたぞ。

運転手が降りて、サイドドアを開ける前に信楽が呟《つぶや》く。

中から中肉中背、派手なセーターにスラックス、スニーカーを履いた男が出てきた。写真で見た矢代亘一だ。髪の毛は七三分けにしている。

——組員が出てきたりはしないんですね。

若い衆が花道を作って出迎えるイメージがあるが、誰も出てこない。運転手も矢代が降りると、中に入るのを見届けることなく運転席に戻って車を走らせた。

——少しだけ足を引きずってるな。

信楽の呟きに、洸は目を凝らす。右足の出が悪いが、知らなければ分からない程度だ。

——喧嘩《けんか》は強かったとも書いてありましたけど、あの足でも問題ないんですかね。

——足など使わなくても相手は倒せるって言うのかもしれないけどな。それこそ沼田が嫌う卑怯《ひきよう》な手を使うのかもしれないし。

——いざという時のためになにかしらの武器を持ってるのかもしれませんね。

矢代はオートドアにもなっていないビルの入口を入っていく。そこで急に振り返った。洸たちが気になったようだ。

どこにでもいる中年男の顔だが、目つきはヤクザ者そのもので、危険な臭いがした。

矢代は恐喝、詐欺で二度逮捕されているが、いずれも執行猶予がついていて、懲役はない。

——部屋長はこの時間に帰ってくることが分かっていたんですか。

帰ってくるかも分からないのに、こんな無駄な時間を取らないだろう。

——近くの整骨院でマッサージを受けるらしい。墨田署から聞いた。

——時間通りに行動するなんて、敵対勢力に襲撃時間を知らせているようなものですね。

——そういう時代じゃないんだろう。狙われるほど潤ってもいない。それにしても一人くらい、出てきても良さそうだけどな。

——人が足りないんですかね。それとも沼田の記事にあったように人望が足りないのか。

——人が足りなくても、慕われてりゃ出てくるもんだよ。

信楽から「いいか」と訊かれたので、洸は「はい」と答えた。矢代亘一の顔は充分目に焼き付けたつもりだ。

そしてこの日は朝から、元矢代組顧問弁護士である妻木《つまき》義利《よしとし》の事務所に行った。

場所は巣鴨《すがも》駅近くの雑居ビルで、法律事務所の看板は出ていたが、事務員もおらず、繁盛している雰囲気はない。

妻木は警視庁の刑事に明らかに不審を抱き、「どうして今になって、沼田に会いに行ったんですか」という洸の問いに、「なんのことでしょうか」と惚《とぼ》けた。

「あなたは暴力団には今後関与しないという条件で、弁護士復帰を果たしたんですよね」

信楽が空いている椅子に勝手に腰を下ろしたので、洸もそうした。

「沼田は組員ではありませんよ」

「それはおかしいですね。沼田は今も組員でいると言ってますけど」

ブラフをかける。沼田は週刊タイムズの記事でも「元組員」と語っている。

「本人がどう思っていようが、組は除名したと聞いていますが」

「死刑判決を受けたから会えないと言い張るのですか。それって弁護士として人権を軽視していませんか」

事前に準備したせいか、間断なく言葉が出る。

「刑事さんは、私の沼田への接触を非難してきたじゃないですか。人権を言うなら、私が古い友人に会いに行ったのは弁護士以前に人として正しい行いではないですか」

「会いに行ったんじゃないですか」

墓穴を掘ったことに、妻木は顔をしかめた。もっとも東京拘置所の面会申込書に妻木の名前はあったわけだから、否定したところで分かっていたことではある。

妻木からは用事があると言って追い出されたため、洸たちは一旦《いったん》、警視庁に戻ることにした。するとすぐ泉から呼ばれた。

妻木弁護士が早速、弁護士会を通じて抗議してきたのかと思ったが、信楽と一緒に幹部部屋に向かうと、そこには死体遺棄事件を担当することになった殺人五係の面々も揃っていた。洸の同期の田口哲の顔も見える。

「部屋長、まずいことになりました。今朝、間宮が千葉県警の捜査一課員と、東拘に行って、沼田を聴取したんです」

千葉県警が加わったのは、殺害現場だと自供したのが千葉県千葉市だからだ。今のところ、合同捜査本部の設置の話は出ていないが、双方で協力して極秘捜査を続けることになったようだ。

「なにがあったんだよ」

「沼田が雑誌記者に話したことを覆してきました。雑誌には六月六日に浅越功を殺したと書いてましたが、六日ではなくて七日の間違いだと」

「七日ですって」

洸はゾッとした。

「ああ、森内、沼田が半グレグループの二人を殺した日と同じだ」

「時間は？」

信楽が泉に訊《き》く。

「午後十一時と言っています」

「千葉の空き店舗だと言っていたよな。半グレをやったのは何時だっけ？」

「起訴状によると午後十時になっています」

「こういう裏があったか」

「裏ってなんですか」

洸が信楽に顔を向ける。

「そんなこと、部屋長に聞かなくても簡単じゃないか。沼田は七日に浅越を殺した。だから葉村と水木の半グレ二人を殺《や》ったのは俺じゃないと言いたいんだよ」

信楽より先に、泉が厳しい顔で答える。

「同日に二つの事件を起こしたとは考えられませんか」

「週刊タイムズには殺害に至った詳しい時間経過が書いてあったじゃないか。午後十一時に約束したが、その一時間前には店に忍び込んでいたと」

「そんなの口で言ってるだけで、本当かどうか分からないですよ」

「そこの事実関係が揺らぐと、沼田の告白自体、疑ってかからなきゃならなくなるぞ」

「これは遺体が出たことが、マイナスに働くかもしれないな」

信楽は悔いを滲《にじ》ませたような言い方をしたが、その言葉は洸に重くのしかかってくる。

そこまで言われても、沼田が殺したのは浅越であると、自分が沼田から聞いた内容を信じたい気持ちが洸には残っていた。

だが日付を間違えることなどありえない。七日は半グレ二人を銃殺した日だ。勘違いなどするはずがない。

「どうして嘘の日付を言ったんですかね。弁護士が唆したんでしょうか」

会ったばかりの妻木のなにか隠し事があるような態度を思い出す。

「どうにか弁護士会に復帰できた妻木が、そのような危険を冒すとは考えられない。沼田に目的があると考えた方がいいんじゃないかな」

「そうですね」

自分の言うことがことごとく間違う。洸の中にも捜査ミスをしたという焦りが生じ、頭が誤った方向ばかりに進んでいく。一旦冷静になれと、両手で頬を叩《たた》いた。

「部屋長、私が気になるのは、沼田はおそらく週刊誌の記者にも、日付が違うことを話していることです」

「また記者が取材に来たのか」

「週刊タイムズが間宮より先に来たようです。沼田が間宮にそう言ったということは、週刊タイムズにも同じ内容を話したと考えた方がいいでしょう。日付違いは彼らにとっても痛恨でしょうけど、同日となれば、ますます半グレ殺しはやっていないことになります」

「死刑反対派の連中が騒ぎだして、面倒くさいことになるな」

「東拘にはこういうこともあるから、しばらくメディアの面会を断ってほしいと頼んでおいたんですけど。今は収監者の人権など、法務省の指導がうるさくて」

「週刊誌だって、沼田が勘違いしていたわけではない、意図的に違う日を言ったと感じてるだろ。沼田の言うままに、日付が間違えていましたなどと主張してくるかな」

信楽は懐疑的だったが、泉は違った。

「身内に甘くて他人に厳しいのがメディアですからね。沼田の学習能力の低さを都合よく利用して、記憶違いをしていたと平気で書いてくるんじゃないですか」


その後は場所を変えて、捜査会議を開くことになった。

「中野で十時に二人を殺したとして、千葉まではどれくらいだ」

当時の調書を眺めながら泉が尋ねる。

「その時間なら一時間もかかりません。飛ばせば三、四十分で可能じゃないですか」

五係で洸の同期である田口が答える。

「いや、無理だよ。ルートが違う」

信楽が否定する。沼田が運転したと見られる車はアクアラインの料金所を午後十時二十七分に通過しているのだ。そして日を跨《また》いだ午前零時に木更津金田《かねだ》インターを通過している。当時の捜査記録では、途中の海ほたるパーキングエリアに寄って、使用した拳《けん》銃《じゅう》を捨てたという見方が濃厚とされている。

「そうなるとどう考えても二つの殺人は無理ですよね。だいたい拳銃で二人、その後に移動して今度は絞殺で一人、一日でそんな残忍な殺人を起こせたらテロリストですよ」

泉が顔をしかめた。

その会議には、当時の中野署の捜査本部に入っていた、現在は特殊班捜査三係でハイテク捜査を担っている警部補も参加した。

「あの事件は沼田が殺《や》ったとしか考えられません。半グレのアタマを張るぐらいですから葉村は腕っ節は強いのですが、つねに武器を持って仲間とつるんでいました。卑怯《ひきょう》な喧嘩《けんか》の手を使ってくるのが分かっていた沼田は、隠れていたマンションのエントランスから出ていき、目の前で二人を狙撃《そげき》したんです。矢代組は銃による抗争とはしばらく無縁でしたし、二人を殺って無傷で生還できる根性のある者は、組には沼田をおいて他にいなかったです」

警部補は沼田の犯行を疑っていなかった。

「それにルカーズからリンチに遭った組員は、沼田が頻繁に飲みに連れていくほど、可愛がっていました」

もう一人途中参加した、当時の殺人係で、現在は代々木《よよぎ》署の刑事課長も、ルカーズ襲撃は沼田以外は考えられないと断言した。

「海ほたるから東京湾に捨てたという推測に対し、沼田はどう反応しましたか」

信楽が二人に尋ねた。

「まったく反応はなかったですね。屈強な肉体をしているのに、軟体動物のように打っても響かない男でした。柳に風とはこういうことを言うんだな、と一緒に取り調べた刑事と話した記憶があるくらいです」と警部補。

「私も同様の印象でした。ですがすでに覚悟を決めていると思えるくらい、逮捕時から堂々としていました」

代々木署の刑事課長が続く。

「覚悟とは死刑になるということですか？」と信楽が訊き返す。

「私はそう感じました。取調べでも最後まで黙秘でしたし」

洸は会議中、まったく口が利けなかった。

自分が沼田に会いに行かなければ、このような会議を開かずに済んだ。週刊誌に告白記事が載ったとしても、無視できた。

そもそも単独行動などせず、信楽が戻ってきてから、相談して動けば良かった。

考えれば考えるほど、心が湿っていった。

10

死刑囚の懺悔《ざんげ》の自白　第2弾
私は2人を殺していない、私が殺したのは別の1人だ

前回、私は判決が出た事件については、控訴審が控えているため、割愛すると述べた。言わば、一審で受けた判決にこの場で異議申し立てをするつもりはないと。ただその告白文で、一つだけ事実と反することを伝えてしまった。

それは金融会社のA社長を殺した日付を、六月六日としたことである。

実際は六月七日の午後十一時のことだ。

私が中野区のマンションで対立する半グレグループ、ルカーズのリーダー葉村聖樹（当時二十八歳）と、メンバーである水木天羅（当時二十四歳）の二人を拳銃で殺害したとされる日だ。

つまりその日、矢代組が関わる殺人事件が二件起きた。私がA社長の殺害を告白したことで、その一日で私は、中野と千葉で二つの殺人事件を起こしたことになる。

なぜ誤った日付を述べたかというと、いまさらA社長を殺したことを認めても、私が葉村と水木を殺害していないとは信じてもらえないと思ったからである。

私がA社長を殺した事件の目撃者はいない。完全犯罪だったからこそ、これまでA社長は行方不明のままで、事件として捜査されなかった。

しかし完璧《かんぺき》に実行したがために、私は手を下した一人殺人ではなく、二人殺人の被疑者として逮捕され、法廷で裁かれている。

いくら主張しても、私は誰にも見られることなくA社長を殺したため、アリバイはない。

その上、週刊タイムズの告白記事第一弾で誤った日付を述べたため、控訴審での死刑確定から逃れようと、嘘の告白をしていると受け取られるだろう。

一つの嘘が真実を剥《は》がしていくことくらい、はぐれ者の私でも四十八年の人生で知っている。

だから今となっては半グレ殺しは控訴審でどう裁かれてもいいと思っている。

ただし、読者に少しでも真実であることを信じてもらうため、私しか知り得ない事実をここで話す。

A社長の殺害を終えた私は、事前に計画した通り、宿泊していた台東区《たいとう》のドヤに戻った。

ここのオーナーが以前、矢代組に在籍しており、修業時代に私が飯を食わせるなど面倒をみたことで、暴排条例が制定されてからも、知らない振りをして私を泊めてくれた。

七日の晩は、生まれて初めて人を殺《あや》めた興奮でほとんど眠ることはできなかった。

深夜にはA社長を生き埋めにした気がして、自分が土の中に埋められたかのように過呼吸になり、「なんでもいいからビニール袋を貸してくれ」と夜勤の従業員を叩《たた》き起こした。ゴミ袋をもらって、呼吸を整えた。

なんとか過呼吸は治まり、短い時間眠ることはできたが、朝、ドヤのオーナーから「大変だ、沼田さん、テレビでやってるぞ」と言われて飛び起きた。つけた番組はニュース番組で、危険ドラッグの密売でうちの縄張りを荒らし、さらには引き抜こうとした組員をリンチしたルカーズのリーダー葉村と水木が射殺されたと報じられていた。

オーナーも矢代組とルカーズとの抗争は知っていた。組を抜けたオーナーが知っているくらいだから、警察は時間を置かずして矢代組の犯行だと辿《たど》り着くだろう。仲間の誰かが逮捕される。

そうなるくらいなら私の犯行だと警察に思わせた方がいい。

なにせ私にはアリバイがあるのだ。

そのアリバイは、けっして明かせないが、日本の警察の力であれば、やがてA社長殺しが私の犯行であることは判明する。

その間にルカーズ殺しの犯人は無事に国外に脱出できる、そう心に決めて、警察が来るのを待った。

警察がドヤに来たのは犯行から二日後の六月九日の朝のことだ。

すぐに私のもとに警察が来なかったことで、半グレ殺しは犯人が分かってしまったのだろうと、私は思っていた。ところが私の容疑はA社長ではなく、ルカーズの二人殺しだった。

私が黙秘したのは、前述した通り、組の若いのが捕まるなら、私が身代わりになっても構わないと思ったからだ。なにせ私は矢代組に入ることがなければ、救いようのない暗い運命を歩かされていたのだ。

一人殺人と二人殺人では罪の重さが違う。二人を殺せば死刑の可能性があることくらい、無知な私でも知っていたが、取調べの間はそれで構わないと覚悟していた。一審で実際に死刑判決が出た時は、正直、体は震えたが、それでも精いっぱい、堂々と振舞ったつもりだ。

その後は控訴をしたものの、おそらく死刑回避は無理だろうと思い、今日に至る。

しかし現実として死が迫ってくると心境は変わった。

せめてすべての罪を告白して、きれいな心であの世に行きたい、そうでなければ地獄でA社長のように土の中に閉じ込められ、息もできないまま苦しみ続けるような気がしだした。

前回の記事で警視庁の捜査一課の若い刑事が私に会いに来たと話した。

第一弾の発売後、その刑事とベテランの二人が来て、私はA社長を殺害、遺棄した経緯について詳細に説明した。

翌日には手錠をつけられたまま目張りした警察車両に乗せられ、足立区の造成地に連れていかれた。

私が知るその場所はかつては雑木林だった。大半の木がなぎ倒され、変わり果てていたが、私が残っていた木を目印に、「このあたり」と言ったほぼ近くから、黄色の柄シャツを着たA社長の遺体が掘り出された。

また、口を塞《ふさ》ぐために使った青色のマスキングテープも遺体に貼り付いていた。マスキングテープのことは事前に刑事に話していたことと一致する。

それなのに私は逮捕されず、六月七日は半グレの二人を殺した事実認定のままになっている。

半グレ二人を私が殺したことにしたいなら、それで結構だ。

だが隠した罪を償おうとしているのだ。きちんと捜査してほしい。それが警察の義務だろう。私を正直な人間に戻し、あの世に送ってくれ。

このままでは絞首刑を執行された後も、魂は成仏できず、あの世で苦しみを味わわなくてはならない。


（完）


正義は小林が書き終えた告白記事の第二弾を読み終えた。

目の前では小林が不安な表情で立っている。

彼なりに必死に聞き、どうにか書き終えたのだろう。だがよく書けたと口にすることはできなかった。

正義がなにも言わなかったことで、唇を嚙《か》んで反応を待っていた小林の顔がいっそう暗鬱《あんうつ》になった。

「大事なことが書けてないな」

「なぜ日付の嘘をついたかですよね」

「その通りだよ、小林。仲間を庇《かば》うといったことだけでは嘘をついた理由にはならない」

最初から六月七日だったと正直に言えば良かったのだ。ごまかす必要などなかった。

その方が読者だけでなく、控訴審が予定通り開かれたとしても、その場で自分にはアリバイがある、だから半グレ殺しは自分の犯行ではないと訴えることができた。

らない。

だが沼田自身も自覚している通り、一つ嘘をついたがために、裁判官は素直に受け取沼田から日付が違うと言われた瞬間、正義はこの男にいっぱい食わされたと思った。

小菅駅に戻る途中、高速の高架下を歩き、途中で公園を見つけた。「小林、ちょっと話そう」とベンチに誘った。

叱ったわけでもないのに、小林は「すみませんでした」と謝罪した。はっきりした日時が沼田の口から出ないまま、思い込みで取材を進めたのかと思ったが、小林はきちんと確認していた。

──記憶もあやふやになっているかもしれないと思い、僕も確認しました。なにせ一日後にルカーズ殺しがあったんです。二日連続、殺人事件を起こすだろうか、それが気になったんです。

──確認したら沼田は六日だと答えたのか。

──はい。オーメンの日だと言いました。

言われてすぐにピンと来なかったが、怪奇映画で、確か悪魔の子、ダミアンが誕生したのが六月六日午前六時──そんな話題が子供の時にあったのを思い出した。

──俺たちは完全に騙《だま》されたのかな。

小林ではなく俺たちと言ったのは、原稿掲載を認めた自分にも責任の一端があると自覚しているからだ。

──さすがに今日は憤りを禁じ得ませんでした。

正義の前で謝罪した小林だが、奥歯を嚙み締めた顔には怒りが満ちていた。

だがこのまま放置するわけにはいかない。正義は小林に、引き続き沼田を取材し、第二弾を書けと命じたのだった。

「ですが沼田の言葉には、殺した人間しか知り得ない情報も出て来ていますよね」

正義の隣の席で原稿を読んでいた古谷が呟《つぶや》く。

「知り得ない情報ってなんだ？」

「黄色の柄シャツと途中で口を封じた青色のマスキングテープです。前回の告白文ではテープで拘束したと言っただけで、マスキングテープという語は出てきていません。俺はガムテープだと思っていました」

確かにガムテープなら当たり前と思うが、マスキングテープとなると特別な情報となる。

「そのことも、もはや犯人のみ知る情報ではないよ。沼田は現場に行ったわけだから」

「そうか……遺体を見てるはずですものね」

人間の体は半年から一年で白骨化するそうだが、それは地上の場合であって、土の中となると、地中の乾燥状態にもよるがおよそ三年、十年以上経過してもミイラ状態で残っているケースもある。警察の発表も「遺体」であって、「骨」という語句は出てきていない。

正義の中では、沼田が殺した被害者が半グレの二人なのか、それとも浅越なのか、確率は半々だ。

沼田は浅越殺しを証明する手段として、簡易宿所で過呼吸に陥ったこと、半グレ殺しを朝テレビで知らされたことを話した。

その件についても小林から取材ノートを渡された古谷が昨日のうちに取材し、深夜に青白い顔をした沼田から、ゴミ袋でも何でもいいから袋をくれと頼まれたなど、裏付けを取った。

過呼吸になったのは半グレ殺しのせいかもしれない。どちらにせよ、人を殺《あや》めたのが初めての沼田が冷静な精神状態でいられるはずがない。このエピソードで自分たちが納得すると思っているのなら、沼田はずいぶん思慮が浅い。

「新見さんは、まさか今週は続報を見送る気ですか。なにも載せなければ、他誌はうちの敗北と見ますよ」

つねに他誌と張り合っている古谷が言う。

「勝ち負けなんて関係ないよ。部数では勝負していても、内容は別だ」

「別じゃないでしょう。スクープを他誌に書かれるたびに、うちの編集部はお通夜みたいになるんですから」

古谷の言う通りだ。部数を心配するのは販売部。編集部が勝負しているのはあくまでも記事の衝撃度、スクープこそ正義《せいぎ》だ。

「間隔を空けると、うちの第一弾は誤報だったと認めることになりますよ。まだ誤報かどうか分からないのに」

「他誌がそう思いたきゃ、思わせればいい。真相をしっかり摑《つか》んで、それを載せれば、やがてうちを笑ったヤツを見返せる」

「じゃあ、小林のこの原稿もボツですか」

古谷に言われ、小林を見る。微かに視線を逸《そ》らした。小林も自信がないのだ。

「ボツではない。もっとしっかりしたものに仕上げて世に出す、俺たちにできるのはそれだけだ」

「小林が訊《き》いても、沼田は半グレ殺しは誰の犯行なのか答えないんですよ。これ以上、なにができますか。なぁ、小林」

「は、はい」

返事はしたが、それは不甲斐《ふがい》なさに恥じているようで弱々しい。

「編集長はなんとか第二弾を掲載しろと言ってるけど、まずはやれるべき取材を続けよう」

胸中では次号での掲載の見送りを決めていたが、言えば彼らの取材意欲の低下につながる。

「そうですね。引き続き取材に回ります」

古谷は不承不承に同意した。

「僕はもう一度、沼田と会えるよう努力してみます」

「頼むぞ」

沼田の取材は小林に任せるしかない。では自分はどうすべきか。気になっているのはやはり、沼田に自供させ、遺体まで出しておきながら、いまだに逮捕も発表もしない警察だ。

浮かんだ男は一人しかいなかった。

翌朝、前回と同じ時間帯に黒いブルゾンを着用した信楽が出てきた。

目が合った瞬間、間違いなく頭を下げた正義を見たのに、なにも見えていなかったか

のように歩を進める。心の中が見えないのは前回と同じだ。

「おはようございます」

挨拶《あいさつ》をしたが無視された。

警察の不可思議な動きに、他のメディアでもこの事件が話題になり、方々取材に回っ

ているようだが、遺体なき殺人事件の専門家である信楽の家に記者は来ていなかった。

古谷が新聞記者を取材したところ、信楽は基本、なにを訊いても「分からないよ」で

済ますため、記者に余裕がない限り、信楽への取材は後回しにするそうだ。

浅越の遺体発見も、ここまでは単なる死体遺棄事件、病死した遺体を誰かが何らかの

理由で隠しただけの可能性がある。

ちなみに今朝までに、そこまで大きなスペースを割いていないが、各メディアは週刊タイムズの記事を後追いしている。各社の捉《とら》え方は様々だ。
《沼田被告が新供述　行方不明社長の遺体発見　合同通信》
《沼田被告に新たな殺人疑惑　警察の捜査に疑念　毎朝新聞》
《沼田被告の殺人供述　死刑執行の引き延ばしの疑い晴れず　中央《ちゅうおう》新聞》
慎重な新聞は沼田の許可も得てないこともあり「死刑囚」という語句を使っていなかったが、内容は三者三様だった。合同通信社は客観的事実のみ。毎朝新聞は、死刑廃止運動の団体を取材し、警察は捜査の非を認めず、A社長の事件は見て見ぬ振りをして控訴審を迎えようとしていると、杜撰《ずさん》さを非難している。他方で中央新聞は警察の捜査を肯定している。
これも古谷の取材だが、中央新聞には信楽に強い記者がいるようで、これまで遺体なき殺人事件、マスコミ用語である、犯人が穴を掘って埋めるので「穴掘り事件」と呼ばれる事案では、つねに他をリードしてきたらしい。
中央新聞がこう書いてくるとなると、逮捕しないのは警察全体の考えというより、信楽が強く主張していると推測できる。
沼田の逮捕はまだなのか、どうして逮捕しないのかなどを尋ねるが、信楽は分からないどころか、一切言葉を発しない。
「信楽さんって、野球の審判みたいですね」

感じたことを呟くと、信楽が顔を向けた。

「どうして審判なんですか。審判がルールブックに則《のっと》って判定を下しているとしたら、それに該当するのは裁判官ではないですか」

無視も覚悟していただけに、信楽が食いついてきたことにどう返すか悩んだ。それでも思考を巡らせて、なぜそう思ったのか理由を述べる。

「今はリクエスト制度があって、監督の申し出があるとビデオ検証して、判定が覆るようになりましたが、前は一度下した判定が抗議でひっくり返ることはありませんでした。数年前、プロ野球の審判だった人に、連載を頼んだことがあるんです。その人がこう書いていました。大昔に監督の抗議に『私がルールブックだ』と言い放った有名審判がいた。そう発言した審判がいたくらい、審判員の教えでは『一度下した判定を疑ってはいけない』という内規が徹底されていたそうです。つまりフェアと言ったものを『しまった、今のはファウルだった。間違えた』と思っても、一度判定したのだから、フェアと言い張るしかない。いえ、疑ってはいけないのですから言い張るのとも違いますね。ホームランかファウルか、アウトかセーフか、一度はそう思ってもよく考えたら違っていた、または頭ではそう思ったのに、思いがけずジェスチャーは逆を示した。そうした間違いは人間にはあると思いますが、審判は自分の非を悩んではいけない時代が長くあったそうです」

正義が長い説明をしている間も、信楽の歩くペースは変わらない。

「つまりあなたは、私が間違いに気づいているのに、一審で死刑判決が出たから、非を認めないと言いたいのですか」

顔を向けることなく、薄い唇だけが動く。

「はい、沼田正樹が浅越功を殺したのが事実なら、ルカーズの二人を殺した犯罪は誤認逮捕の公算が高くなります。仮に沼田が浅越を殺した時間帯が嘘だったとしても、供述通りに遺体は出てきたのですから、警察は沼田を浅越殺しの容疑で逮捕すべきです」

沼田は大事な日付で嘘をついた。だがこれまで新見班が方々を取材して、沼田についての悪い評判は一つも出てこない。馬鹿正直すぎるほど実直、そんな声まである。

犯行日の訂正が入るまで、正義も誠実な人間だという印象を沼田に抱いていた。

それならどうして嘘をついたかだが、やはり死刑逃れが本音ではないだろうか。

最初にそう言ってしまえば、週刊誌も食いついてこないし、もちろん刑事も真剣に耳を傾けない。沼田なりに生き延びる方法を死ぬ気で考えた結論である、そう勘案すると嘘をつかれたことも許す気持ちになれた。

「警察のことだから、犯行日が違っていたことを、我々が沼田本人から聞かされたことまでご存じだと思います」

恥を忍んで自分から言った。

「確かにうちは沼田に利用されたことは認めざるをえません。ですのでうちも沼田が半グレ殺しはしていないと告白した記事の第二弾は見送ることにしました。今の我々にはルカーズの二人を殺したのが沼田なのか、それとも矢代の命を受けた別の組員なのか、調べる術《すべ》がありません。ただし浅越殺しに関しては、沼田の犯行が濃厚だと見て取材しています」

第二弾を保留したことまで漏らした。警察としては世間の騒ぎを一段落させる安堵《あんど》に繋《つな》がる。だが信楽が表情を変えることはなかった。

「我々はあなたがたがどう取材しようが気にはしていませんよ。あなたがたが一所懸命取材しているのと、捜査は別問題です」

「信楽さんは、沼田の告白記事には他にも嘘があると思っているんじゃないですか。だから沼田を逮捕しないんじゃないですか」

ここで得意文句の「分からないよ」が出る——長く取材をしていると相手の答えが読める時がある。記者として十七年、真剣に事件と向き合ってきたことで、これは当たりだと相手が言う前に確信が持てる時がある。

今がその時だったのに、自信はあっさり覆される。

「思ってますよ」

「うちの告白記事ですよ」

「そうです」

「どの部分ですか、沼田は今回、浅越殺しを裏付ける新たな告白をしているんですよ」

言ってから余計なことを口走ったと後悔した。新たな告白について訊《き》かれたらどう答えるべきか。大事な情報を先にちらつかせることはない。

その心配は無用だった。訊き返してくるどころか、信楽は別のことを言った。

「あの記事の中には、よく分からない人物がいますね」

「Yのことですか」

あえてイニシャルで答えたが、名前を出さなくとも矢代亘一とは分かっている。

「沼田と矢代の関係はいびつだと思いましたけど、私が分からないのは矢代ではありません」

いびつと言った。それは正義も感じた。高校時代の恨みを忘れて沼田が矢代組に入ったこと、そして障害者にされた矢代が組に誘ったこと、通常ではありえない二人の繋がりはいくらでもあるが、契りとは違う、絆《きずな》とも違う。怨恨《えんこん》とも違う。だが信楽は矢代ではないと言った。

「誰ですか」

答えを待っている余裕もなく、続けざまに質問する。

「教えてください」

「それは言えませんよ。今のは捜査とは関係ない、単なる私がおたくの雑誌を読んだ感想ですから」

そこで信楽はこちらを手で制した。

これ以上付いてくるなという意味だろう。

正義は足を止め、信楽が言った言葉の意味を探る。

脳をフル回転させたつもりだった。

だがヒントなくして、なに一つ思い当たることはなかった。

11

洸は信楽とともに、東京拘置所に来た。

来たのは前回、信楽と一緒に沼田の取調べをして以来だ。

今回の目的は沼田ではない。洸の高校の先輩である吉沢の前に沼田の独居房を担当し、深夜の迷惑トレーニングでノイローゼになった刑務官である。

今は死刑とは無関係の階を担当している加川秀倫《ひでのり》という看守で、仕事を終えた時間に面会する約束を取りつけた。

加川秀倫は個室に入ってくるなり気をつけして頭を下げ、緊張からか自分の役職と名前を言うのさえ、つっかえつっかえになっていた。

挨拶《あいさつ》後に、沼田を担当していた頃の状況を教えてほしいと洸が頼むと、加川は表情を緩ませた。

「警視庁の刑事さんにも沼田の思いが伝わったと聞いた時はホッとしました。でも、どうやって知ったのですか。週刊誌が出る前に、記者から取材を受けたのですか」

かす。
吉沢のことは東拘には知らせていないため、「まぁ、そんなところです」と洸はごま

信楽からは「今日も森内が中心に訊け」と言われていたので、洸は質問事項をまとめてきた手帳を開いた。

「週刊誌に連絡を取っていたこと、加川さんはご存じでしたか」

「いいえ、週刊誌が面会に来たのは、私の勤務時間外だったのでまったく初耳です。面会に立ち会った同僚からはなにも聞かされなかったので、手記が出るなど思ってもいませんでした」

手記と言ったが、沼田が書いた物ではないので口述記事、週刊タイムズでは告白記事となっている。

「となると、自分のみに沼田は訴えていると、加川さんは思われていたわけですね」

「恥ずかしながらそういうことになります」

「記事が出た時、どう思われましたか」

「びっくりしましたが、刑事さんが来たと書いてあったので、さっきも言ったように正直、良かったなと安堵しました。上司の看守部長には伝えましたが、取り合ってもらえなかったので」

刑務官にも下から看守、看守部長など階級があり、看守部長とは警察で言う警部級、管理職にあたる。

「となると、加川さんは沼田の言っていることが正しいと思ったのですか」

「私には、もう一つの殺しをやったので警視庁の刑事を呼んでほしいと言っただけで、誰を殺したかも話してくれなかったので、正しいかどうかは分かりません。ただ真剣みは伝わってきました」

「真剣みとは？」

「最初は警察に手紙を書いてほしいと言ってきたんです。口数が少ない男だったのが急にそんなことを言ってきたので、驚きました。私が『代筆はできない、書くなら自分で書いたらいいじゃないか。その方が気持ちが伝わる』と言ったら、がっかりしていましたが」

「沼田はどうして自分で書かなかったんですか」

「字が汚いからと言ってました」

「字ですか？」

「私は、汚くても心を込めて書けば気持ちは伝わるはずだよと言いました」

「でも書かなかった？」

「自分には学がなく、漢字も知らないと」

洸は経験がないが、囚人や被疑者から刑事が手紙を受け取るケースもある。達筆のものもあれば、ひらがなだらけ、誤字脱字が多くて、暗号のように解読不能のものもあるらしい。それでも彼らはなにかを伝えたくて慣れない手紙を書き、送ってきたのだ。受け取る刑事は字が汚いことなど気にしない。

「代筆を断ったため、嫌がらせが始まったのですか」

「最初は単純にトレーニングを始めたので、それが嫌がらせとも感じませんでした。ただ次第にトレーニングの内容がハードになり、周りの囚人が迷惑し始めたんです。他の刑務官の時はそんなことはないと聞いて、どうして私の時だけと思ったんです」

「そのことを加川さんは沼田に訊かなかったのですか」

「訊きました。でも答えは、刑事を呼んでくれ。同じことを言うだけです」

そのような意味不明の行動を自分が夜勤の時にだけやられたら、ベテランの刑務官でも精神を乱すだろう。それで看守が警察を呼ぶと思ったのか。沼田の頭の中が理解できない。

「控訴審の期日が決まったことへの焦りから、異常行動が出てるんじゃないか、そう思ったんですけどね」

そのことは吉沢も話していた。

「二審も死刑なら、最高裁には簡単に上告できないことを沼田は知っていましたか」

「そこまでは聞いていませんが、一年半もここに居れば、それくらい知るでしょう。私は言ったんですよ。クリスチャンになったらどうかと」

「どうしてクリスチャンなのですか」

「受刑者、とくに未来が黒塗りされている死刑囚には、キリスト教に入信、改宗する者が結構いるんです。死刑執行への恐怖からキリスト教に救いを求め、聖書、福音へと近づいていく思考なのだと言われていますが、私が言ったのはそういうことではありません」

「なぜ勧めたのですか」

「死刑が確定すると、面会も親族のみになり、手紙のやりとりも制限されます。ですが牧師は許されます。告解や改悛《かいしゅん》の権利は死刑囚にもあるからだと、私は理解していますが」

「その勧めに対して、沼田は？」

「いまさら神様の赦《ゆる》しを受けられる身ではないと」

加川は入信することが、死刑確定後も牧師を通じて外部に伝えられる手段だと提案したのだが、沼田はそう受け取らなかったようだ。

「もう一つの殺しについて話すから刑事を呼んでほしいと言い出したのって、前の弁護士が会いに来たより前ですか、後ですか。前の弁護士とはYT法律事務所の妻木義利弁護士です」

「前の弁護士と会ったのは、面会を受けるかどうか沼田に確認したのが私なので知っています。でも、それっていつだったかな。面会記録を調べてもらえば、弁護士が来た日は分かると思いますが、いつ言い出したかは……私も最近、年齢とともに記憶が曖昧《あいまい》になって。あと一年で定年ですので」

日記でもつけていない限り、沼田がいつ話したかは正確には思い出せないだろう。

そう思っていると、加川が「あっ」と声をあげた。

「どうされましたか」

「弁護士がいつ来たかは覚えてませんが、沼田が手紙を書いてほしいと言った日は思い出しました。九月十七日です」

「どうして、そんなに細かい日にちまで思い出せたのですか」

祝日とか特別な日ではない。

「翌日がうちの娘の誕生日だったんです」

「それを沼田に話したのですか」

「私からは言いませんよ、沼田から聞いてきたんです。看守さんはお子さんはいるんですかって」

「沼田が、ですか？」

「本当はいけないのですが、暇だと雑談もします。娘がいると言ったら、いくつかと訊《き》かれ、それで恥ずかしながら娘の誕生日が明日《あした》だと思い出したんです。娘は成人して働いているので特にプレゼントを買ったわけではないですけど、翌朝、顔を合わせた時、一応、おめでとうと伝えました。娘はもう何年も言われていなかったのでびっくりしてましたけど、ありがとうとは言ってくれて。久々の父娘の会話です。私も嬉《うれ》しくなって、次の出勤日に沼田に、おかげで父親らしいことができたよと礼を言いました」

「そうしたら沼田は」

「良かったですね、と言ったかな」

話が広がりそうだと期待したが、萎《しぼ》んだように感じた。加川は「そう言えば」とまた話の先を続けた。

「手紙を書いてほしいと言う前に、娘が十九の頃は、どんな感じだったかと訊いてきました」

「十九？　加川さんのお嬢さんは成人されてるんですよね」

「はい、二十五です」

「どうして十九なんですか」

「さぁ、急に出てきました」

「加川さんはなんと？」

「今時の娘はませてるけど、あんたが十代の頃とそんなに変わらないと答えました。だけど沼田が言うには、その頃は少年院に入っていたので、よく知らないと」

「沼田は十六からハタチまで少年院暮らしでしたね」

「そしたら今度は、ハタチになるとどう変わったか、と訊いてきましたかね」

「ハタチ？　一つ上ですか」

「はい、十九もハタチも成人式があったくらいで変わらないよと返しました。沼田は引かなくて、十九年しか生きていないんだから、たった一つ歳をとるだけでも変化あるでしょうと訊いてきて」

「それに対して、加川さんは？」

「彼女なりにその歳ごとにいろんな経験をして変化があるんだろうな。親としてはいつまでも子供のままでいて、あまり変わってほしくはないけど、恋愛だってするし、いきなり結婚するって言い出すかもしれないし、それは人それぞれだよって……ありふれた回答ですね」

「沼田は？」

「ふーんって感じでしたかね。でも結構真剣に聞いていたかな。余計な口を挿《はさ》んできませんでしたから。もっと娘さんの話をしてくれとか言ってきたけど、こっちも照れ臭いし、他に仕事があったから、勘弁してくれと逃げました。そしたら、実はお願いがあります、と丁寧に切り出して、手紙のことを言ったんです」

「いったい、沼田はなにを言いたかったんですかね。二十五歳の娘さんの誕生日の話をしたのに、十九歳や二十歳にこだわるなんて。それって警察に伝えることとまったく関係ないですよね」

洸には沼田の心情がさっぱり理解できなかった。

しかも個人的な話まで聞いておきながら、手紙の代筆を断られると深夜の迷惑トレーニングをして、加川をノイローゼにした。加川が鬱病《うつびょう》になって娘が悲しむことまで考えなかったのか。あれこれ考えていると、沈黙して聞いていた信楽が思いついたように、声を発した。
「なぁ、もしかしてそこにミカって女が関係してくるんじゃないか」
週刊タイムズに出てきた女性だ。一人だけアルファベットではなく、仮名になってい
た。
「そのミカが、部屋長はどう関係してくると思うんですか」
「ずっと不思議に思ってたんだよ。あの記事には本当かなと眉《まゆ》を顰《ひそ》める内容がいくつも
あったけど、週刊誌の記者によると裏は取っていると言うんだ。だけども記者の会話に
ミカって女性は出てこなかった。俺はどうして沼田はその女性の話をしたのか、ずっと
疑問を持っていた」
そう言えば信楽は固有名詞にすべてマルをつけていた。そのうちの一つがミカだった。
「唯一付き合った女性だからじゃないですか。そして矢代が手引きしてくれたから？」
「あえて出さなくてもよくないか？　迷惑をかけるから会わないと決めたくらいなんだ
から」
「迷惑をかけるから仮名にしたんじゃないですか」
ただ信楽の疑問も分からなくはない。仮名にしたって、当時を知っている人間がいる。
いまさら二十年も前のことを蒸し返されることは、女性も歓迎しないはずだ。そこで洸
は衝撃を受けた。二十年？
「週刊タイムズには二十年ほど前に紹介されたと書いてありましたね」

「そうだったかな？」

信楽は惚《とぼ》けるが、ミカをマル囲みした時点から気にしていたはずだ。それでも洸が気付くのを待った。試しているわけではない、それがどれだけ重要なのか、他人の頭脳も利用して、信楽なりに重要度を確認しているのだ。

「ちなみに加川さんは、ミカって女性を沼田から聞いたことはありますか」

洸が尋ねた。

「いいえ、一度もありませんが、その女性がなにか？」

加川は首を傾げていた。

「ありがとうございます、加川さん、いい話を聞かせていただきました」

「は、はい。こんな内容で、お役に立てたのなら」

「充分です」

これも加川が娘の話を思い出してくれたからだ。

「森内、そのミカって女性を探してみよう」

「はい」

二人で東京拘置所を出た。

12

結局、今週発売の週刊タイムズには告白記事の第二弾も、繋《つな》ぎとなる記事も、掲載しないことで決まった。

デスク以上で構成される編集会議を終えて、その旨を新見班の班員に伝えると、古谷が不満をぶつけてきた。

「やっぱり押し切るべきでしたよ。新見さんだって最初は、『告白の続報は難しいだろうから、次は警察批判で繋いでいくことになる』と言っていたじゃないですか。俺も書く気満々だったのに」

「そう決まったんだ、すまない」

正義は謝ったが、決まったもなにもない。編集長は第二弾が無理なら、警察の批判記事でもいいと続報をやりたがったが、正義が「今週は見送らせてください」と引いたのだった。

前回は週刊誌のライバルや、新聞などメディアに対抗心を燃やしていた古谷だが、今は事情が違っていた。

取材した捜査一課の理事官に「あんたらが不確実なことを書いたせいで死刑反対団体が動き出している。沼田の執行を止めたらあんたのせいだからな」と文句をつけられた。

古谷も負けずに「告白記事の第二弾はもっと確証となる内容になっています。そうしたら沼田を逮捕せざるを得なくなりますよ」と言い返したそうだ。第二弾どころか繋ぎとなる記事すら掲載できないとなると、古谷の面目は丸潰《まるつぶ》れである。

正義は古谷と小林、さらには他の新見班の計六人を別室に呼ぶ。そして今さらながら自分の方針を説いた。

「俺が入社した頃のタイムズは、スクープで週刊誌の先頭を走っていた。といっても二人の先輩記者が次々とネタを引っ張ってきていただけなんだけど、俺は幸いにその二人がいる班に配属されて、『足』をやらされた」

週刊誌では裏付け証言などを集めてくる者を「足」、それらをまとめて記事を書くアンカーマンを「書き」と呼ぶ。

大概、ネタを持ってきた者が「書き」だ。新米記者の正義に中吊《なかづ》り広告の両翼を張る記事が持ってこられるわけがなく、ひたすら「足」となって先輩二人の指示通りに動き、記事に文句がでないよう証拠や目撃談などを集めた。

「その先輩なら知っていますよ。この前、健太郎さんから聞きました」

狩野《かのう》という入社二年目の若手が言った。古谷にしても二人と接点はない。ちょっとしたトラブルがあって、二人ともやめた。一人は今もフリージャーナリストとして頑張っているが、もう一人は完全にメディアから足を洗い、家具職人になった。

「俺はその先輩二人から二つのことを言われた。一つは当たり前のことだけど、『汗水をかいて歩き、血眼になって調べて、初めて真相に辿《たど》り着く』だ」

本当は「血眼」ではなく「目から血を流して調べて、初めて真相に辿りつく」だった。今の時代、コンプライアンスに引っかかりそうなきついセリフであるが、それくらいのことはここにいる全員が当たり前だと思っている。たいした反応もなく、古谷が「もう一つはなんですか」と尋ねてきた。

「もう一つは『新聞は事件を追う、だけど週刊誌は人間を追いかける』だよ。こっちの方が何度も言われたな。それこそ耳にタコができるくらい」

「どういう意味ですか。新聞記者だって、俺らも人間を書いてるって反論するんじゃないですか」

狩野が訊《き》き返すと、「新聞記者がそこまで取材するわけないいだろ。あいつら速報が命なんだから」と新聞記者を権力の御用聞きだと見下している古谷が言い放った。

「新聞にもドキュメント記事もありますよ」

「それだって週刊誌ほどのスペースがあるわけではない。ねえ、新見さん」

週刊誌は、新聞のように日々の締め切りに追われていることもなければ、書くスペースもたっぷりある。だが正義は新聞と週刊誌の違いがそれだけではないと思っている。

「二人とも誤解してるよ。俺は二人の先輩の言葉の裏側には、立ち位置の違いがあると思うんだよ。新聞は記者クラブにも入っているし、いわゆる権力と呼ばれる側から発表されることを即時、報道しないといけない。国会でも、外交でも、事件でも、いきなり裏があると書くのではなく、とりあえず一報として真正面から伝える」

「その説明だと、週刊誌はハナから裏側ばかり取材しているみたいじゃないですか」

古谷が口をつぼめる。

穿《うが》ってみることは大事だが、なんでも疑ってかかると言われるのは、ゴシップ記者のようで心外なのだ。

事実を正確に報じる。新聞だろうが、週刊誌だろうが、根幹は変わらない。

「俺たちだって最初から裏側だけを見ているわけではない。だけど表を見て、裏を見て、そこまでやって初めて人間性が見えてくるんだ。週刊誌にはそこまで調べられる時間がある。それに俺たちが求められているのは記事だけど、読み物でもある。読者にじっくり読んでもらうためにも、綿密に取材し、掲載には慎重にならないといけないと思うんだよ」

新聞と違って掲載内容も自由だ。政治面や経済面があるわけでもない。

「うちは、すでに一度、沼田の言う通りのことを正面から書いてしまっていますよ」

古谷に痛いところをつかれた。あれだけ警戒しながらも、沼田のもとに刑事が行ったという事実だけで掲載に踏み切ったのは、正義のミスだ。

「だからこそ第二弾は、一つの間違いも読者に読ませたくないんだよ。刑事だってうちの記事を読んでいる。実は沼田に日付の訂正を言われてから、うちの記事を何度も繰り返し読んだと言う信楽刑事に疑問をぶつけられた」

「それって沼田がなぜ、嘘の日付を言ったかじゃないんですか」と古谷。

「俺もそう思ったよ。だけど信楽刑事はこう言った。『あの記事の中には、よく分からない人物がいますね』と」

「誰ですか」

「聞いたけど答えてくれなかった。いろいろ考えるけど、ピンとこない」

「矢代じゃないですか。高校時代にひどいことをした矢代の誘いを、沼田がなぜ受けたのかが、どう考えても僕には理解できませんでした」

狩野が言うと、他の班員も「だから矢代が正犯だったと匂わしてるんじゃないのか」と続く。

「俺も矢代ですかと訊いたよ。信楽刑事は二人の関係はいびつだとは言ったけど、違うと答えた」

「それじゃ誰なんですか」

古谷が目を剝《む》いて訊いてくる。

「それこそが人間を追いかけるだよ。小林が再び沼田に接触して、新たな内容を聞いてきたが、俺たちはまだ沼田という人間のすべてを知ったわけでも調べたわけでもない」

きっぱり言い切ると、無音の時間が続いた。一人一人の顔を見ていくと全員が唇を嚙《か》み締めている。

「そうですね、新見さんの言う通りかもしれません。俺たちは沼田の半分も知りませんね」

一番プライドが高い古谷が同意した。けっして不承不承ではなく、強い顔付きで言葉を継ぐ。「嘘をついた沼田を責めるより、告白記事に出てくる全員を取材するくらいのつもりで聞いて回り、これだけやったら他にできることはないと思うくらい調べないことには、沼田の本心など見えてきませんよね」

「ああ、そこまでやってようやく浮かび上がってくるのが、人間味だ」

「僕が疑問を持たずに沼田の言うままに書いてしまい、新見デスクや皆さんに迷惑をかけてしまいました」

小林は頭を下げたが「謝っている時間があるなら取材をしようぜ」と正義は盛り立てる。

「はい、会社にいたらいけませんね」

外に出て取材しろ。正義のかけた発破は今も小林の胸奥に残っている。

「小林は今後、どうするつもりだ」

古谷が尋ねる。

「もう一度、沼田に当たり、考えられる限りのすべての質問をしてみます。そして、どうして嘘の日付を言ったのか、徹底的に追及します」

「それが一番だな、なにせ他誌《よそ》よりうちにアドバンテージがあるのは、沼田を直接取材できることなんだから。頼んだぞ」

古谷の言葉に小林は「任せてください」と威勢よく返事をした。

自分が求めていたのはこうした取材チームだ。

犯罪者の行動の一部分を切り取るのではなく、幼い頃から一つずつ事実を辿り、端境期や心変わりした事柄を結び付けていく。

そこまでしてようやく本来、週刊誌は買いたいと思ってもらえる読み物となる。

正義は班員たちに取材相手の割り振りをした。その多くは沼田が矢代組に入ってからの二十八年を知るヤメゴクたちだ。

「新見さんはどうしますか」

「俺か」

古谷に聞かれて、正義は返答に迷った。会社に残って部下の取材の報告を聞くつもりはなかった。

一方で、自分がその人物の取材をしていいのかという迷いはあった。行かせるなら一番若い狩野でいい。その人物はそれほど重要ではないと思っているからだ。だがやはり自分で行きたいと決意した。

「俺は沼田の告白記事に出てきた、沼田をサッカー部に誘った樫山先生のもとを訪ねてみようと思っている」

継母に虐待され、栄養失調も同然だった沼田が、「救いの手を差し伸べてくれた」と言った中学時代の恩師である。

「それが、刑事が言っていたよく分からない人物ですか」

「どうだろうか。違うような気もするけど、話を聞いてみないと分からない」

「そうですね、取材することに無駄なことなんてありませんよね」

「健太郎にそう言ってもらえると、口にして良かったと思えるよ」

事前に千葉の教育委員会などを調べて、樫山の居場所は把握している。最初に応対に出た関係者はプライベートなことは教えられないとけんもほろろだったが、諦《あきら》めずにもう一度かけたら、教えてくれた。教員は十五年ほど前に退職していた。

「それでは次週こそは掲載できるよう、全員で沼田正樹の人生を洗い直そう」

正義の言葉で、各自が威勢よく席を立った。


七十九歳、教員をやめてずいぶん経つ樫山高明の自宅は、ＪＲ総武《そうぶ》線稲毛《いなげ》駅から徒歩十分の場所にあった。アポイントはとっていたため、樫山と同居する娘の案内で奥の部屋に通された。

眉毛《まゆげ》が白く、顔は皺《しわ》やシミで年相応だが、わざわざ立ち上がって挨拶《あいさつ》した樫山は背筋がしゃきっと伸びていた。なによりも目に付くのは肩幅があって、背が高いことだ。

定年後は五年間、臨時教員をやり、その後は近所の少年サッカーチームの監督、三年前に教え子に監督の座を譲り、今は顧問になったが、練習は休まずに観に行っているそうだ。「小学生相手ならまだまだ動けますよ」と誇らしげに話した。

それほど会話の寄り道をすることなく、正義は沼田について質問した。

「沼田は本当に素直でね。常にびくびく怯《おび》えているような面はあったけど、体育祭の徒競走を見てたら、それこそカモシカみたいに速いんですよ。大股《おおまた》で一歩一歩、宙を跳んでいくような。カモシカと称《たた》えたのは、彼の昼食は菓子パン一個で、痩《や》せていたのも関係してますね。この子だったら、サッカーでなくとも、どんなスポーツをやっても活躍できると思いました」

遠くを見るように目を細める。才能を見出《みいだ》したと誇らしげだったが、その表情がたちどころに曇った。

「それがあんな大事件を起こすとはね」

ため息をつくかのように、真っ直ぐに伸びていた背中が丸まった。

「先生のもとには弁護士から証人としての要請はなかったのですか」

「ありましたよ。少年事件の時も、成人になって最初の傷害事件の時もです。沼田は鬼母に虐待を受けていましたから、少しでも減刑されるよう証言するつもりでいました。ですが沼田が『樫山先生だけは勘弁してほしい』と言ったとかで、二回とも弁護士が断ってきました」

「今回の取材でも、沼田さんは、樫山先生には申し訳なくて、とても会えなかったと話していました」

「申し訳なくなんて思うことはないいんだけどね。彼の額を見ましたか」

「ケロイド状の傷のことですね。母親に蹴飛《けと》ばされて怪我をした」

「ひどいもんですよ。頭ですよ。どんな後遺症が出るかも分からないのに」

幸い後遺症は出なかった。いや、出たかもしれない。その判断すら誰にもできない。

「先生が暗闇で怖気《おじけ》づくように暮らしていた沼田に光を与えたわけですね」

「光なんて、そんな大層なことはしてません。ただ親に見放されたら、あとは教師くらいしか救ってあげられる大人はいないわけです。ただし大人の役目というのは、助けるのではなく、人生を諦めてしまっている子供を前向きにさせることなんですけどね」

言葉の一つ一つが胸に刺さる。俗に言う世直し先生とも違う。悪いことを咎《とが》めるのが教育者ではない、才能や好きなこと、打ち込めることを見出してあげる。樫山の言葉を借りるならそれが大人の役目である。

そこまで考えるともう一人の教え子が浮かぶ。

「矢代亘一も先生の学校の生徒ですね」

あえて言葉を選んだのに、樫山は「はい、教え子です」と正義が避けた言葉を使った。

「彼の伯父《おじ》が暴力団の組長というのはご存じでしたか」

「もちろんです。生徒の差別につながりますので、本来はいけないことなのですが、いわゆる要注意家庭という位置づけで、彼は教諭内で見られていました。実際、荒れた子でしたし」

「先生も警戒されましたか」

「警戒なんてしませんよ。中学生相手に」

「中学生でも校内暴力で、教師が生徒に怪我をさせられることもありますよ」

「私が小柄で痩せっぽちだったら、少しは恐れていたかもしれませんが、御覧の通り、百八十センチあって、私の世代では体が大きな方でしたからね。手を出す生徒なんて皆無、当時の言葉を使うならメンタン切られたこともありません」

樫山の面貌《めんぼう》にはそぐわない不良用語が出た。正義の学校では「メンチを切る」「ガンを飛ばす」だった。

沼田や矢代が中学時代、樫山は四十代だから、おっかない先生で名が通っていたのではないか。

「矢代亘一も先生の前では素直な生徒でしたか」

「当時は夢中になれることがありましたからね」

「サッカーですね」

華麗な足技で前線にロングパスを蹴って、それに俊足の沼田が追いついてゴールを決めるのが得点パターンだったと記事にもある。

「矢代は一年からレギュラーで、うちの中心選手でした。みんなと同じように、放課後になると真っ先にグラウンドに出て、ボールを蹴っていましたよ」

「部活動では優等生でしたか」

「優等生まではいかないです。練習が終わると、補欠の選手や気の弱い者をいじめたりして、そのたびに私は『矢代！』と叱ってました」

叱られて従っていたのなら、樫山には相当な貫禄《かんろく》があったのだろう。

「頭が良かったと、沼田さんは矢代さんのことを言っていましたけど」

暴力団員をさん付けするのもどうかと思うが、この教師は平等に扱ったのだろうと鑑《かんが》みて、呼び方を変えた。

「地頭がいいんです。勉強はからっきしでしたけど、機転が利く。サッカーという競技では豊かな発想が才能を伸ばすと言われていますが、矢代はイマジネーション力に長《た》けていました。その天才肌に、とてつもなく足の速い沼田という武器を得たことで、矢代の才能はいっそう輝きました。ああいうのを化学反応と呼ぶのかな。それまで一回戦を勝てばよくやったと言われたうちの学校が、船橋市の大会を制し、千葉県でベスト4まで行けたんですから。一番恩恵を受けたのは、引率教諭である私なのかもしれませんけど」

監督ではなく引率教諭と呼ぶところが樫山の謙虚さだ。だが豊かになった表情が、また暗鬱《あんうつ》に戻る。

「二人一緒だったらどれだけ夢が広がるだろうと思ったんですけどね。結果的にそれが失敗でした」

「同じ高校に進学したことですね。先生が推薦したのですか」

「推薦というか、二人の学力だと選べる学校は少なくて。別の学校に行かせるという選択肢はなかったです」

「二人一緒の方が、いいコンビになると思いましたか」

「いいえ、矢代の方が評価は高かったんです。私は沼田の伸びしろを買ってましたけど、それが霞《かす》んでしまうほど、矢代はすごい選手でした。だから矢代が欲しいという高校に、一緒に沼田も獲《と》ってくれないかと頼んだわけです」

「言葉は悪いですけど、沼田さんは矢代さんのおまけみたいな感じですか」

「沼田に興味を示した学校もありました。ただし彼の場合、授業料免除、寮費無料、そしてサッカー部は遠征など部費もかかりますので、そういうのも一切不要という条件がつきます。その理由は記者さんならお分かりだと思いますけど」

「はい、存じています」

虐待という言葉を聞いたばかりだ。義務教育を終えた彼に金を出す大人は、沼田の周囲にはいなかった。

「それが高校では沼田さんの能力が、矢代さんを上回るわけですよね」

「それは矢代が、足を怪我したからです」

「足の怪我は沼田さんとの喧嘩《けんか》が原因ではなかったのですか」

足の怪我で低迷していたとなると、また沼田の話に齟齬《そご》が生じる。だが心配は杞憂《きゆう》に終わる。

「沼田との格闘で大怪我を負ったのは事実ですけど、それ以前に矢代はバイクで転倒事故を起こしています。よりによって高校に入学する前の春休みに。沼田の推薦入学まで取り消しになるかと私はヒヤヒヤで、学校に何度も頭を下げに行き、なんとか二人とも入学させてもらいました。ですが矢代は特待生から外されました」

「そんなに重傷だったんですか」

「一学期はまったく練習できませんでしたからね。私は諦《あきら》めるなよと慰めにいきましたけど、練習を見てても後遺症が残っているのは明らかで、昔みたいな想像力が豊かなプレーは消えていました。高校がバイクを禁止しているのを知っているのに、無免許で原チャリを乗り回していたわけだから、自業自得ですけど」

「そんな状態なら、沼田さんはそこまで痛めつけなくても」

「それくらい許せなかったんじゃないですか。それこそ我を忘れるくらい」

「大事なデビュー戦前に、目に湿布剤の塗り薬を塗ったことをご存じですよね」

「沼田の少年審判時に、弁護士さんから初めて聞きました。ひどいことをしますよ。私は指導者として三年間何をやってたんだと、自分が嫌になりました」

自分を責めるように、樫山は下唇を噛《か》んだ。

「そんな二人がまた再会していたと知ったのは、いつですか」

「沼田が成人して、傷害で逮捕された時です」

「驚かれましたか」

「はい、ワルの矢代が家業を継ぐのは意外ではありませんでしたが、そこに沼田が入っているとは。先に知っていれば、まだ私も若かったので、力ずくでも連れ帰っていましたよ。ただその頃、私は癌を患い、卒業した生徒のことまで気が回りませんでした。半年休職して癌は寛解しましたけど、次に赴任した中学校もいろいろ問題児がいまして」

「現役の先生でしたら致し方がないですよね」

「少年院出と言っても、なにも矢代のところなんかに世話にならなくてもいいのに。傷害事件も、矢代の命令でやらされたんだろうなと思いましたから」

「二人の間に主従関係があるのを先生は見抜かれていたと？」

「中学の時は感じませんでしたけど、矢代は近所の売店にジュースを買いに行かせるなど、後輩をぱしりに使ってましたから。高校に入る前にバイクなんかに乗らなきゃ、ヤクザの血だって断ち切ることもできたのに。現実にサッカー界でも野球界でも、親はヤクザだけど、影響を受けずに真面目に頑張ってる子供はたくさんいます」

「矢代さんに従った沼田さんについてはどう思われましたか」

従ったわけではない。沼田は報復は済んだ、ヤツは自分を利用したけど自分も矢代を利用したと話した。

「どうなんでしょうね。ただ沼田というのは、どこか保護犬みたいな感じでしたから」

「怯《おび》えているってことですか」

「そうですけど、言いなりになっているようで、心まで従っていないというか、心の底からは矢代を信じてはいなかったと思いますけどね」

捨て犬に喩《たと》えたのは言い得て妙だった。沼田は子供の頃から、虐待された動物同様の仕打ちを受けていた。だから切れると自己抑制ができず、嫌な記憶が湧き上がってきて、パニック状態になる。

心まで従っていないと言い表したのも、沼田が「持ちつ持たれつの関係になっていた」と話した内容と重なった。

「沼田さんの過去の裁判で学習障害があったという証言がありましたね。先生もなにか子供の時のトラウマで障害があったと思われていますか」

「それなんですけど……」

樫山は言いかけて黙った。

「どうされましたか、先生」

「今回の週刊タイムズを読んで思ったのですが、沼田はけっして知能指数が低かったわけでもありません。普通の子より頭がいいと思ったくらいです」

「傷害事件の時に精神鑑定を受けていますよ」

結果的にヤクザであったがために重視されなかったが、鑑定結果は記録に残っていたので間違いない。

「そういうのってどこまで真実を突き止めているんですかね。ちょっとしたテストで点数付けして決めつけてるだけじゃないですか」

司法府から要請を受けた精神鑑定だから、簡易的なものではないはずだ。だが樫山は

「本人がわざと頭が悪いように振舞えば、そう出るんじゃないですか」と主張する。

「そんなこと、できますかね」

「沼田は頭のいい子だと言ったじゃないですか」

専門家を騙《だま》したということか。だがそこで部下たちが調べてきた昔の裁判記録を思い出した。

「高校の先生も成績は最下位に等しかったと言っていましたよ」

赤点スレスレ、授業についていけなかったという記録もあった。

「それは仕方がないでしょう。勉強する暇なんてなかったんですから」

「サッカーに必死ということですか」

「違います。高校に入るまでの過程です」

そうだった。彼は小学生の時から妹たちの面倒を見て、食事まで作っていたのだ。友達と遊べないどころか、宿題もやれなかった。

「中学の頃から漢字は書けないし、成績は下の下でした。でも集中力はあったし、私の指示は矢代と同じくらい瞬時に理解していました。体育教師の私が彼の秀でた能力を見《み》出《いだ》したからサッカー選手になりましたけど、理科の先生であれば科学者、美術教師なら芸術家になっていたかもしれません。そこまでは大袈裟《おおげさ》でも、週刊誌に書いてあったように、頭が悪いことはありません。たぶん沼田も自分は馬鹿ではない。ただ学問ができる環境で育てられなかっただけだと自覚しているはずです」

意外だった。ただし地頭がいいことと、今回の沼田の告白になにか裏事情があることとは結び付かない。そう感じたのは樫山が沼田に対して、つねに好意的に解釈しているからだろう。

「先生がうちの記事を読んで、ほかに疑問に思った点はありますか」

この樫山こそ沼田正樹、さらには矢代亘一という人間の目撃者である。中学の恩師でその後に付き合いがないからと、期待せずに来たが、大きな収穫を得られる気がしてきた。

「いろいろありますけど、女性のことですかね」

「ミカという女性ですね」

沼田が二十年前に付き合った女性、矢代の紹介だったようなことが書かれていた。

「はい」

一度は返事をしたが、「違うかな」と樫山は首を捻《ひね》った。

「名前が違うからですか。あれは仮名です。本名はうちの記者も聞いていません」

「…………」

饒舌《じょうぜつ》だった樫山の口が重くなった。

「もしかしたらご存じなんじゃないですか」

期待したが、さすがに無理か。樫山が知っているのは、沼田と矢代の中学時代までだ。沼田はミカと二十代後半に、矢代に呼ばれた席で初めて会った。

「私は、中学の時にも似たことがあったなと思っただけです」

「どういうことですか」

「矢代は社交的だし、彼女が次々と変わるほど、女子生徒にモテました。一方の沼田は、背も高くてカッコ良さでは矢代に負けていないんですけど、奥手で女子とは口が利けない生徒でした」

「矢代が沼田に女子生徒を紹介したんですか」

思ったことを口にする。

「そうです。といっても沼田と彼女は二人で一緒に帰ったりしてただけで、手を繫《つな》いだこともないんじゃないかな。チームのみんなから、からかわれていました」

「その女性はなんて名前ですか」

「やめときます。無関係です。十四、十五の話ですから」

「無関係だとしても、名前だけでも教えてくれませんか」

四十八歳の沼田が十四歳の時だとしたら、三十四年も前だ。

もう覚えていないかと思ったが、樫山はフルネームを答えた。

13

洸は信楽とともに、埼玉県の所沢《ところざわ》市に向かった。

そこにミカに該当する女性がいる可能性が出てきたからだ。

調べたのは五係の洸の同期、田口哲である。

田口は、今は人気ラーメン店を開業する元矢代組組員を探し出した。極道時代の話はしたくない、迷惑だから帰ってほしいと言われたそうだが、粘り強く協力を求め、沼田と関係のあった女性を聞き出した。

所沢の駅前から五分ほど歩いたところにコンビニエンスストアがあった。そのコンビニを経営しているのが目的の女性である。

田口から女性の名前を聞いた瞬間、あの告白記事に一人だけイニシャルではない、仮名で出ていた女性と重なった。

戸井《とい》文香《ふみか》。

フミカから一文字取ればミカになる。

沼田がどういったきっかけで、戸井文香と交際していたのか、詳しいことまではラーメン店主は知らなかった。

ただラーメン店主をはじめ、沼田を慕っていた者は全員、彼女に会ったことがある。週刊誌では矢代が紹介したことになっていたが、沼田と矢代、そして戸井文香は中学の同級生だったそうだ。

警戒されないよう洸だけが店内に入る。短めの髪をダークブラウンに染め、コンビニの制服を着た中年女性が、テキパキと商品の入れ替えをしていた。

沼田の同級生だとしたら四十八歳、一見しただけでは店主なのかパートなのかは区別がつかない。

それでも他は若い男女しかいなかったことから、この女性ではないかと当たりをつけ、棚の並べ替えを終えた女性に尋ねた。

予想していた通り、彼女が戸井文香だった。

警察と聞き、驚いた顔をした。どこか外でお話をと伝えたのだが、彼女は「中へどうぞ」と言い、バックヤードへ案内した。外に待たせていた信楽をガラス窓越しに呼び、彼女の後に続く。

バックヤードには防犯カメラのモニターが数台置いてあった。

「そうですか、あの人、由梨香《ゆりか》のことを話していたんですか」

戸井文香は沼田の娘がいることを暗に認めた。

「由梨香さんはおいくつですか」

分かり切ったことだが確認する。

「十九歳です」

沼田が二度目の懲役に行ったのが二十年前、その前に身ごもった子供だ。

「といっても早生まれなので、二月にはハタチになりますが」

沼田が刑務官の加川に十九歳と二十歳の違いを尋ねた理由も、薄《う》っすらであるが想像できた。今は成年年齢は十八に引き下げられたが、昔でいうなら、戸井由梨香は十九歳の少女から、二十歳の大人の女性に変化する間近にいる。

「戸井さんは中学からの同級生だそうですね。その頃はどういうお知り合いだったんですか」

「私は結構、荒れていて、不良グループにいたんですけど、中三になって大人に反抗するのが馬鹿らしくなって、ちゃんと勉強して高校に行こうと思ったんです。そんな時に、毎日遅くまで練習しているサッカー部が目に留まりました。サッカー部にはヤンキー女子にも人気のある中心選手がいたんで、私の友達も試合を観に行っていたので」

「人気のある選手が、矢代だったんじゃないですか」

「矢代亘一です。彼の家は警察ならご存じでしょ？」

「矢代組ですよね。というか伯父《おじ》が組長だった」

矢代亘一の父親は船橋市内で建設業をやっていて、父親の兄矢代正《ただし》が組長の矢代組は東京都墨田区にある。だが父親の会社も矢代組と関係があったようだから、矢代亘一にとっての矢代組は実家も同然だ。

「私たちのグループには矢代の彼女になりたい子が何人もいました。でも私は矢代には興味はなくて、ヤンキー集団っぽいサッカー部でも一番おとなしくて、のっぽの選手に惹《ひ》かれたんです」

「それが沼田だったんですね」

戸井文香は首肯した。

沼田に興味を抱いたのが五月、それから二カ月くらいはほぼ毎日、放課後の練習を見てから、帰宅した。不器用で真っ直ぐドリブルもできない沼田が、無我夢中でボールを追いかけて、それでゴールめがけてシュートを打つ。愚直に頑張る姿を見ていると、心を打たれて、苦手な勉強をやる気になったとか。

「そんな時に矢代から声をかけられたんです。文香って、沼田のことが好きなんじゃないかって」

「矢代からですか」

「サッカーをやりながら、ヤンキー連中の集まりにも来ていたので、私には結構話しかけてきてたんです。樫山先生というすごく熱心な体育の先生がサッカー部の顧問で、なんとか矢代を改心させようと指導していましたけど、矢代は樫山先生の前では真面目ぶるだけで、根っこの部分は変わりません」

「矢代に沼田さんのことを訊《き》かれてどう答えましたか」

「私は堂々と、好きだよと答えると、矢代はこう言ったんです。『一回、俺とやらせてくれたら、俺が沼田と付き合えるようにしてやる』って」

閉口して、隣の信楽を見る。信楽も苦い顔をしていた。

「それを聞いて戸井さんは？」

「させませんよ、私はそういうことをしたくて沼田くんを応援してたわけではないし、好きでもない人とするほど尻軽《しりがる》じゃありません」

「矢代はどうしてそんなことを言ったんですか」

「みんなが矢代にキャーキャー言ってたのに、私だけが興味がなかったから、面白くなかったんじゃないですか」

交際の仲立ちをするから自分と寝ろとは、その頃からすでに矢代は女衒《ぜげん》のようなことをしていたのだ。

スポーツ選手は全員優等生というわけではなく、競技を離れたらタバコを吸ったり、飲酒をしたりと素行不良の者は、洸の高校、大学時代にもいた。

一方で、家庭環境が悪くてもひたむきに取り組む選手もいた。

「矢代から余計なことを言われたせいで、沼田くんとも会いにくくなって。毎日は練習を見なくなりましたが、夏の市大会の決勝、県大会は準決勝まで全試合応援に行きました。矢代のプレーも光ってたけど、あそこまで行けたのは沼田くんの努力ですよ。ゴール前で相手を抜いてシュートを打ったり、ヘディングを決めたりと、毎試合のように得点を決めてました」

経験者の洸には、沼田少年の成長が目に見えるようだった。洸は練習で巧《うま》くても、試合では持っている力の半分も出せない時があり、そのたびに自己嫌悪に陥った。自分とは対照的に、試合に出て、強い相手と戦うたびに成長していく選手もいた。

そういった選手の方が実は天賦の才がある。その陰では才能を引き出すために、血の

でも、志途中でサッカーをやめることになる。

周りに巧い選手が多くて、中学時代のようにはいかなかったと書いてあった高校でも、沼田は日ごとに成長していった。だからレギュラーに選ばれたのだ。それなのに志途中でサッカーをやめることになる。

「ということは中学の頃は、応援しただけで終わりですか」

「それが県大会が終わった後、矢代と駅前で偶然会ったんです。『よう』って言ってきたから、私はやらせろの一件がくすぶってたけど、お疲れさまと労《ねぎら》ったんです。そしたら、これからハンバーガーでも食いに行かないか、沼田呼ぶからと言われて」

「沼田ですか」

「私はいいよ、って遠慮したんですけど、矢代が言うには、沼田も文香に気がある、あいつ、県大会で負けたのは自分の責任だと思ってるから慰めてやってくれって。沼田くんがヘマしたわけではないんだけど、矢代の絶妙のセンタリングが来た決定的なチャンスで、沼田くんがヘディングしたボールがゴールポストに当たったんです。試合後、一番泣いてたのが沼田くんでした」

「ハンバーガー屋に沼田は来たんですか」

「マックですけどね。沼田くんは来たのはいいけど、顔が真っ赤でずっと緊張してました。途中で矢代がタバコ買いに行くと言って出て行ったきり、戻ってこなかったから、私もどうしていいか分からなくて」

「それってどこかで読んだことある話だよな」

　黙ってメモをしていた信楽が声を発した。

「そうです。週刊タイムズに書いてあった話に似ています」

　洸より先に戸井文香が答えた。

「週刊タイムズを読まれましたか」

「一応、コンビニやってますからね。死刑囚なんて文字を見たら、もしかしてと思います。沼田くんだと分かった時はびっくりしましたけど」

「そこでお付き合いをされたんですね」

「その時は全然。私は実家だし、沼田くんは、私はあの頃は知らなかったけど、怖い義母《かあ》さんや沼田くんを嫌っている妹が家にいたんでしょ？　何度か私が誘って、一緒に帰っただけで、デートしたこともないです。高校も別々になりましたし、私、高校に行ったら、ラクロス部に入って自分のことで一杯一杯だったので、矢代と沼田くんの高校がどうなったのかも知らなかったです」

　本当に聞きたいのは十九年から二十年前のことなのに、話が中学時代から進んでいかない。隣の信楽は黙々とメモを取っている。焦りは禁物だ。洸は次の質問を考える。

「次にお二人が出会うのはいつですか」

「私は専門学校を出て、アパレルの店員をやり、二十二で結婚しました。若すぎたせいかうまくいかず、三年ももたなくて。バイトしながら一人暮らしをしてたんですけど、二十七の頃、矢代と偶然会うんです」

「また矢代が関わってくるんですか」

「なんなんだろう。私、あいつと縁があるのかな。小学校の時から、しょっちゅう隣の席になったくらいだから」

「それでどうしたんですか」

「普通ですよ。なにやってんだって訊くから、バイトしてる、とか。矢代のことは聞かなくても分かっていました。服装からして、毒々しい色彩の柄シャツにだぼだぼのパンツにメッシュの靴を履いて、ヤクザですって、自慢して歩いてるみたいで」

「沼田のことは訊かなかったんですか」

「訊かないですよ。忘れてはなかったけど、今も一緒とは思わなかったし。だけど矢代に無理やり誘われてお茶してたら、沼田が入ってきた時はびっくりしました。車を駐車してきたみたいで」

そのあたりから、くん付けしていた彼女が沼田と呼び捨てになった。

「矢代の運転手だったわけですか」

「どうかな。矢代はそれなりに偉かったみたいだけど、沼田もため口だったし、二人に上下関係があるようには思わなかったです」

「そこでも矢代が途中で抜けたりしたんですか」

「そんな面倒なことはしないですよ。矢代が男はいるのかと訊くから、私は離婚したと言ったんです。そうしたら矢代がチャンスじゃねえかと沼田の背中を叩《たた》いて。沼田も中学の頃と違って、普通に会話はできるようになっていました。一応、三人で連絡先を紙ナプキンに書いて交換して、私は矢代のは興味ないから捨てましたけど。次の日には沼田から電話があり、そこから付き合い始めたのは週刊誌に書いてあった通りです」

呼び捨てになったあたりから、このあたりで交際が始まったのではと推測したが、予想は当たった。思いがけず長くかかったが、ようやく本題に辿《たど》り着く。ここでも沼田は週刊誌に嘘をついていたことになる。嘘をつけばつくほど、浅越功殺しの信頼度が薄れるというのに、どうして恋愛までごまかすのか。

「どれくらい付き合ったんですか」

「半年くらいかな」

「同棲《どうせい》しなかったんですか」

「私はしても良かったんだけど、向こうが言ってこなかったから」

「結婚話は？」

「出なかったですね。あの頃は私が再婚だから嫌なのかなとか思ったけど、でも違いました」

「対抗勢力を殺《や》る役目を担ったってことですね。その話は週刊誌で知りましたか」

「沼田から聞いていました。殺ったら十五年は覚悟しなくてはいけないと。やめときなよ、そんなの今の時代に合わないよと止めたんですけど、彼は今の自分がいるのは組のおかげだからと聞かず、説得しても無駄でした。だから、私、頭に来て、この所沢に来たんですよ。ここ、伯母《おば》夫婦が経営していて、私を自分の子のように可愛がってくれていたので。でもその間に、沼田は襲撃ではなくて、別の喧嘩《けんか》で逮捕されたって、矢代から電話があって」

若い組員がストリートファイター気取りの男に喧嘩を売られた。最初は傍観していた沼田だが、劣勢になった相手が武器を使ったことで止めに入り、そのまま相手を意識不明の重体にした。

「沼田の二度目の服役中に由梨香さんが生まれたってことですか」

「妊娠していたのを知ったのが逮捕の数週間後だったんです」

「戸井さんは彼の出所を待たなかったんですね」

殺人で十五年食らったのなら諦《あきら》める気持ちも理解できる。だが沼田の刑罰は懲役三年だった。

「はい。面会にも行っていません。冷たい女と思われたでしょ？」

少し眉尻《まゆじり》が上がった。洸は「いえ」と返事を濁す。

「私も待ちたかったですよ。会いにも行きたかったです。でも心配になって組事務所に行ったら、矢代がカンカンに怒ってて、あの野郎、怖いから逃げたとか言うんです」

「怖いって、暗殺役がですか」

「私は、違う、彼は覚悟を決めていたと反論しましたけど、そういう時の矢代って、目がギラギラと狂気じみていて、近寄るのも怖いくらいなんですよ。出てきたら必ず殺らせる、次の機会に取っておくって。それを聞いて、組を抜けるよう沼田に伝えようとしたんですけど、先に矢代から沼田に言うなと釘《くぎ》を刺されたので。お腹の子のためにも、沼田から離れた方がいいと考えました。刑務所にいる男の子供とは両親にも言えず、勘当されましたけど、伯母夫婦がここで働いたらと勧めてくれて。所沢で出産し、伯母たちと交代で由梨香を見ながらコンビニを手伝い、十年前に伯父《おじ》が、三年前に伯母が亡くなったので、私が店を引き継ぎました」

「今、由梨香さんはなにをされているんですか」

「うちの娘、変わってて、勉強が苦手なのは私の血を引き継いだんですけど、手先が器用で、今は専門学校に行っています。専攻は彫刻です。もしかして沼田にも彫る才能があったのかな」

「彫るって……」

「彫り物じゃないですよ。木に彫刻刀で細かい模様を削るんです。だいたい沼田の体もきれいなままですし」

彫刻と聞いたのに、その後に「彫る」と言われたせいで、洸の頭に浮かんだのがまさに和彫の彫師だった。

「大変失礼しました」

「うちの娘、学校のコンペで一番になって、本人の希望で海外の学校に留学するんです」

「海外ってどこですか」

「イギリスです」

「いつからですか」

「来年二月の専門学校が終わる翌日です。その日があの娘のハタチの誕生日で、その日に発《た》つことになっています」

「二月というのは急ですね。学校に入るにも中途半端にはなりませんか」

確かイギリスも秋入学のはずだ。

「はい、途中入学になるし、もう少し語学を勉強して、九月の新学期になってからでもいいんじゃない、と私は言ったんですけど、英語なんか向こうに行けばいくらでも学べる、それより早く現地の先生に教わりたい、九月だと、専門学校が終わってからの半年間が無駄になると聞かなくて……うちの娘、なんでも自分で決めて、それでいて頑固なので」

「頑固というより、すごく強い意思を感じます。今はまだ十九歳ですよね」

「そうです。娘は中学生の頃に見た雑誌に載っていたイギリスの芸術家の作品に見惚《みと》れて、彫刻家になりたいと言い出したんです。一応、私とは一年経ったら帰ってくる約束になっています。学校は半年で終えて、残りは憧《あこが》れの先生のもとに行って、働かせてもらえないか頼んでみると」

あまりにしっかりした考え方に洸は驚くしかなかった。

沼田も同じで、今の子の行動力に驚いたに違いない。遠かった世界にそんなに簡単に行けるのかと、びっくりしたかもしれない。

芸術とスポーツとは別世界だが、今はサッカー選手でも海外のトップクラブ入りを目指して、十代からどんどん海外に飛び出していく。

だから沼田は、刑務官の娘の十九歳から二十歳の頃の話を聞いたのだ。ハタチなら成人式の晴れ着姿ではないかと勝手にイメージしていたが、まるで違った。沼田が心の中に描きたかったのは、壮大な夢に向かう娘の旅立ちだった。

沼田はどうやって娘の存在を知ったのか？　気になったが、洸の胸にはそのことよりも確認しておきたい疑問が浮かび上がった。

「由梨香さんは父親のこと、知りませんよね」

深く考えることなく尋ねたが、口にしてから当然知るはずがないと思った。

文香が妊娠、出産した時、沼田は刑務所で服役中だった。出所しても、今度こそ殺人犯として沼田は刑務所に戻ることになると、矢代から聞かされていたのだ。所沢に移り住み、面会にも行っていない文香は、生まれてきた娘に、悲惨な将来が待ち受ける父親の話などしないだろう。

ここでも洸の想像とは異なる返答だった。

「知ってます。私から由梨香に話しました」

文香は途切れそうな声で言った。

「どこまで知ってるんですか」

「全部です」

「死刑判決を受けたこともですか」

「はい」

「どういうきっかけで話したんですか」

「沼田は由梨香が生まれた時から、毎月欠かさず、養育費を送ってくれているんです」

「えっ、沼田ってそんな昔から、自分に娘がいることを知っていたのですか」

「妊娠していた頃から知ってます」

戸井文香の返事を聞き、信楽の顔を見た。信楽も驚いていた。てっきり知らずにこれまで過ごし、九月に妻木弁護士から知らされたものだと思い込んでいた。

「毎月十万円、二十年近く、ひと月も欠かさず支払ってくれています。二度目の刑が確定する前、沼田が可愛がっていた山本《やまもと》くんが突然やってきて、お金を渡すと言ったんです。私はどうして知ったのかびっくりしたんですけど、矢代に妊娠してることを話したから、そこから組員を通じて沼田に伝わったんだと思います。沼田に知らせずに転居したのは私ですから、受け取れないと断りました。だけど山本くんが何度も来て、沼田さんは子供が生まれても会いたいとは言わない、文香さんにも迷惑をかけないと話してます、だから受け取ってくださいと言われて。それで口座に振り込んでもらいました。ちなみにその山本くんが、のちに半グレに酷《ひど》い目に遭わされたんです」

ルカーズからのスカウトを断って、拉致《らち》されてリンチを受けた男だ。それが沼田のルカーズ殺しに直結している。

「お嬢さんにはいつ話したんですか」

「高校を出て、専門学校に進学する前です。あなたには毎月、お金を支払ってくれているお父さんがいる。そのお父さんのおかげで、好きなことができるんだというのを自覚して、やりたいことを貫いてほしいと。暴力団員で前科があることも言いました。私自身がなにをやってもすぐに挫折《ざせつ》する、中途半端な二十代を送ったので、なりたい夢があると言い出した由梨香には、少々のことでは挫《くじ》けない人生を送ってほしかったんです」

「高校卒業の時となると二年前ですよね。そうなるとまだ沼田は？」

「はい、殺人事件を起こす前です」

卒業して母親から実の父の存在を聞かされたのが三月、その三カ月後にまさかその父親が二人も殺すとは思いもしなかっただろう。

「事件の報道を知ったお二人は？」

「二人ともショックで、しばらくお通夜みたいでしたよ。私も娘に話したことを後悔しましたし、由梨香も二日くらい部屋に閉じこもって、友達との約束もキャンセルしてました」

当然だろう。暴力団員であるだけでもショックなのに、殺しとなると、その凶暴な血が自分にも流れているのではないかとパニック状態に陥る。娘は父を呪ったのではないか。

「沼田についての確認ですが、毎月、養育費を支払っていて、それでいて、娘さんとは会っていないのですか」

「一度もありません」

「今回の事件前に、こっそり会っていたとかは？」

「ないです。そういう人ではないし、写真が欲しいと言われたこともないし」

沼田はそういう男なのだろう。自分が関わることで母娘に迷惑がかかると思っている。その沼田が急に娘に興味を持ち出したのはなぜだろうか。

「最近、弁護士が来たことはないですか。ＹＴ法律事務所の妻木義利弁護士です」

「はい、来ました。三ヵ月前です」

沼田の態度が豹変《ひょうへん》した時期と重なる。再び、陰湿な妻木の顔が目に浮かぶ。

「急に沼田の知り合いの弁護士ですと言うのでびっくりしました。しかも由梨香が専門学校に通っていることまで知っていたんですから」

「どうやって知ったと言っていましたか」

「知り合いの息子が同じ学校にいて、戸井由梨香というから、文香さんの娘さんかと思ったと言ってました」

そんな偶然あるわけがない。戸井文香も疑ったようだが、「気持ち悪かったですけど、いろいろ訊《き》いてくるんで。弁護士の名刺も見せられたし、次の裁判で同じ判決が出たら沼田は死刑になるわけですよね。これまで無理していたけど、今は由梨香のことを知りたいんだろうなと思って、別に隠すことでもないし、娘の話をしました」と言う。

「どのような内容ですか？」

「彫刻をやってるとか、二十歳になったらイギリスに留学する、そのために本人は語学を勉強しているとか」

「そうしたら妻木弁護士はなんと」

「由梨香さんが留学した時のために、沼田にお金を用意させると言われました。私はもう充分もらってるからと一度断ったんですが、弁護士は数日後にまたやってきて、沼田も若い女の子が異国の地に行くのだから、お金は無いよりあった方がいいと話していたと言われ……。沼田がそう思ってくれるのならと、受け取ることにしました。百万円が振り込まれてきた時はびっくりしましたけど」

「支払われたのは、本当に沼田さんのお金ですか」

「本人から聞いていないので分かりませんが、私はそうだと思っています」

「弁護士が勝手に払ったことは考えられませんか」

浮かんだのは矢代だ。だがここで矢代の名前を出すのは彼女を怖がらせるだけだ。

「沼田だと思います。いつもの口座への振り込みでしたので」

弁護士に口座は教えていないという。矢代の命を受けた妻木が、勝手に支払ったという臆測《おくそく》は否定された。

「今思えば、私が沼田に会いに行くべきだったと悔やんでいます。会って由梨香にお父さんのことを喋《しゃべ》ったよと伝え、由梨香の成長を話せば良かったんです。私の願いは聞いてくれなかったけど、更生することは、あなたの娘である由梨香の願いだよと言ってあげれば、殺人までは犯さなかったんじゃないかって」

そう言って両手で目を隠した。そうでもしないと悔いで涙が溢《あふ》れ出てくるのだろう。

「戸井さん、自分を責めないでください」

沼田は組には恩義がある。しかも可愛がっていた後輩がリンチに遭って、いつもの狂犬と呼ばれる沼田の隠れた血が騒いだ。ただし、娘が自分の存在を知っていると聞いていれば、抑止力になったかもしれない。

今日の捜査で一番の収穫は、沼田が急に娘に興味を持ち始めたことである。沼田は妻木から由梨香の存在を聞いたわけではない。それでも、模範囚だった沼田の変化に妻木が嚙《か》んでいるのは間違いない。その裏には当然、矢代が見え隠れする。

矢代の目的はなにか。浅越殺しの自供以外、考えられない。だがなぜ浅越殺しを沼田に押し付ける必要性がある？

まだまだ調べないと分からないことが、この捜査には数多く残っている。

14

編集部は敗北感に包まれていた。

他の班は全員取材に出ていて、中にいるのは正義の他、古谷、小林の三人。だが会話らしい会話はまったくない。

この日、正義は小林とともに所沢まで行き、なんとか居場所を突きとめた、ミカこと戸井文香を取材した。

戸井文香は記者が来たことに驚いていた。

その理由に、今度は正義の方が仰天した。

一時間ほど前に警視庁の刑事二人、信楽と森内が来て帰ったばかりだと言われたからだ。

戸井文香がミカではないか？　樫山高明元教諭の話からそう感じた正義は、二人の関係について一から確認したいと質問を考えていたのだが、すべて頭を白紙にして、警察からなにを質問されたのかを教えてもらった。

信楽たちから他言しないように言われていなかったためか、彼女はためらわずに話してくれた。

沼田や矢代との出会い、そして沼田との交際、なぜ沼田のもとを去ったのか。なによりも衝撃を受けたのは、沼田と戸井文香の間に、十九歳になる由梨香という娘がいて、沼田はおよそ二十年間、毎月十万円の養育費を払っていたことだ。

さらに信楽たちは、最近、矢代組の元顧問弁護士が接触してきたこと、娘の留学を聞き、沼田は留学費用の一部を支払ったことまで、新たな事実を聞き出していた。
所沢から編集部までの帰り道、生気が抜けた顔をしていた小林は、ひと言も喋らなかった。

かといって正義がなにか話しかけたわけでもない。

自分たちは沼田に嘘の告白をされた。今日も新たに沼田とミカこと文香との出会いで虚偽が発覚した。

告白記事には事実として書かれている部分もある。いや、真実が大半を占めていると言ってもいいほどだ。

だが白い絵の具に一滴でも黒が落ちれば、それはもう二度と白には戻れない。すでに沼田の記事には殺害日が一日違っていたという明らかな不実が生じ、そのために第二弾は、犯人しか知り得ない内容があったにもかかわらず掲載を見送った。

戸井文香の存在は告白記事においてはそれほど重要ではない。

正義なら、平穏な生活をしているこの女性に迷惑がかかると沼田を説得している。だが週刊タイムズは掲載した。それは沼田が言った通りに書くことを、小林に対し掲載の条件にしたからだ。

娘に会いたいとは言わない、文香にも迷惑をかけないと誓って、養育費だけを支払っていたのなら、なにも週刊誌に出す必要はない。いくら頭を捻《ひね》って思案したところで、「ミカ」を登場させた沼田の意図は見出《みいだ》せなかった。

取材が終われば連絡すると古谷には伝えていたが、落胆で電話する気にはなれなかった。それでも、ここで逃げてどうすると沈む気持ちに蓋《ふた》をして、《俺たちは誤った事実を世間に流してしまった》とLINEを送信した。

正義が心配したのは、古谷が帰社した小林を責めることだった。

かつては怒号が飛び交っていた週刊誌でも、今はコンプライアンスを重視して、パワハラには注意するよう伝えられている。だが熱血漢の古谷は今でも部下を叱り飛ばす。小林に向かって激高するのではないか。《小林が一番落ち込んでいるから》と、先に伝えておいたが、そこまでの心配は無用だった。先に会社に戻っていた古谷までがしょんぼりしていた。

「新見さん、すみませんでした。新見さんの判断で正解でしたね」

古谷から覇気のない声で謝られたが、なぜ謝られたのかピンとこない。

「俺の判断って、なんだっけ？」

「新見さん、一発目の記事から掲載に消極的だったじゃないですか。引っかかることがあるって。でも俺が充分行けると押したので」

確かに正義は慎重だった。だがいくら慎重であっても、最終的に了解したのだから正義の責任である。

「昔から、新見さんに『健太郎は他誌と競争することばかりに頭がいっている、まず自分の雑誌を見つめ直せ』と言われてきたのを思い出しました」

放っておいたら突っ走ってしまう古谷を、酒を飲みながら窘《たしな》めたことが幾度となくある。それは彼がまだ大きな失敗もなく、若さで突っ走っていた時期の話だ。抜かれることもあれば、今回のように記事が後々になって事実と食い違うと判明するなど、様々な経験を積んだ今の古谷は、他誌との競争ばかりに夢中になっているとは思わない。

「健太郎が謝る必要はないよ。なんだかんだ言って、俺も載せる気満々だったから」

人のせいにはできないと、正義は自戒する。

「新見さんが掲載を決めたのは、森内という刑事が、沼田に会いに行ったからですよね。それまでは、どうして新見さんはこんなに慎重なんだろうと、俺は不思議でたまりませんでした」

今日の古谷はことのほか謙虚だ。だがこうして反省があるから、彼はエース記者になれたのだ。一週間経てば新しい号が出る週刊誌は、読んだら捨てられ、誤った記事を書いてもすぐに読者から忘れられる……そう軽く考えている記者は、取材も甘いし、たいした裏取りをすることなく売り込んできて、そしていつか大失敗をする。

「刑事が会いに行ったことが、俺の中でのトリガーだったんだ。それまで慎重であっても了解すれば同じだ。編集長にも俺の方から謝っておく」

謝るつもりだが、取材は続ける、そう言おうとした時、離れた席に座ったまま視線が宙を彷徨《さまよ》っていた小林が急に立ち上がり、「ウヮー」と叫び声をあげながら、取材ノートを破り始めたのだ。

「どうした、小林」

古谷が驚いて近づく。

最近はすっかり一人前の記者になった小林の取り乱した姿に、正義も走って、細かくノートを裂こうとしていた小林の両手を押さえる。

「なにやってんだよ、それ、これまで沼田を取材してきたノートじゃないか」

「取材ったって、全然本当のことは書かれていないんですよ。嘘ばっかりなんですよ」

「嘘もあったよ。だけど事実も書かれてるだろ？」

「事実なんて一つ嘘があれば消えてしまうんです。浅越を殺したのからして嘘です。僕は全部を事実だと信じて書きました」

正義の手を払い、二冊目のノートまで破ろうとしたが、古谷が背後から小林を抱え込むようにして止めた。

小林はノートを放し、緩んだ古谷の両手を解《ほど》いて、床に土下座した。

「すみませんでした。僕は会社に大恥をかかせてしまいました」

床につくほど深く頭を下げ、涙声で謝罪する。

確かに取材は甘かったという指摘は逃れられない。だが他の記者なら配置ミスだったと正義も反省するが、今の小林は新見班では古谷に次いで頼りになる記者だ。その小林が騙《だま》されたのだ。他の誰がやっても同じ結果になっている。

「小林、頭を上げてくれよ」

正義は小林の撫《な》で肩に手を当てた。

「おまえの言う通り、今回の嘘で、一回目の記事は完全に意味をなさなくなった」

「はい、申し訳ありません。ミカという女性だけを仮名にしてくれと言った時、僕が怪しむべきだったんです。載せる必要はないとも言ったんですけど、沼田からこれも私の人生だからと言われて」

顔が涙でくしゃくしゃになっている小林は、ミカの情報は不必要だと忠言したようだ。それだけでも一人前の記者だと安心できる。

「編集長に謝罪すると言ったけど、謝罪文を載せるとまでは、俺は言ってないだろ」

そう言いながらも、これではメディアは身内に甘いと言われる典型だと反省する。今回に関しては完全に自分たちがマッチポンプになった。その責任はある。

「謝罪文を載せるのはいつだってできるからだよ。だけどな、小林。俺はまだ取り返せると信じてる」

「新見さんは沼田の半グレ殺しは冤罪《えんざい》で、浅越功殺しの実行犯だと思っているんですか」

古谷が目を大きく開いて尋ねてくる。

「さすがにそれはないよ。だけども浅越殺しが誰の仕業かは、警察が調べるべきことだ。戸井文香のもとに信楽たちが行ったということは、警察だって無関心ではいられなくなったことを意味している。それより俺たちがすべきことを考えるんだよ」

「俺たちがすべきことって、なんですか。浅越殺しは誰の仕業かを調べることでしか、記事の修正はできないんじゃないですか」

「それはそうだけど、手段が違う。俺たちの仕事は、次こそは沼田に真実を告白させるよう、努力することじゃないか」

「真実なんてないですよ。また嘘をつかれるだけです」

床に膝《ひざ》をつけたまま、小林が言う。

「取材する側が取材相手を信じなくてどうするんだ。元より人間は嘘をつく生き物だ。嘘をつかれたことより、なぜ嘘をついたのか。人間の深層心理に返って取材を続けていけば、必ず沼田の胸裏が見えてくる」

「見えてきますかね」

「見えてくるのではなく、小林が見るんだよ。ここで見ようとしない者は記者ではない。確かに虚偽はあった。それでも沼田の方から週刊タイムズに取材を求めてきたのは事実なんだから」

そうなのだ。なにも沼田は嘘をつくために週刊誌を呼び寄せたわけではない。沼田には目的があったはずだ。

「小林は知りたくないか、どうして沼田がうちに頼んできたのか」

「知りたいです。と言うか、それだけを知りたいと言ってもいいくらいです」

「健太郎はどうだよ」

「俺も同じです。うちを利用しやがって、と沼田に頭に来てましたが、今はなにか事情があるような気がしています」

「事情とは？」

一度、目を回してから、古谷は答えた。

「それを調べるのが俺たちです」

そうだ。これこそ、正義が待っていた答えだ。

「俺も同じ気持ちだよ。だから小林、破いたノートはテープで貼るなり、くっつけてコピーするなりして元に戻しておけ、また使う時がくる」

「はい、取り乱して失礼しました」

「こんなこと、長いこと週刊誌の仕事をしていたら誰でも経験する。謝罪文なんかいつでも載せられる。それも小さなスペースで謝るのではなく、第一弾と同じくらいのページで、なぜ嘘をついたか、沼田に告白させようじゃないか」

今や互いの信頼が途切れた沼田に本心を語らせるのは至難の業だが、困難な取材こそ絶対にやり遂げるという覚悟と責任感が必要だ。その二つがなければ、信楽からの「週刊誌はよく調べずに、なんでもすぐに書く」という指摘に、甘んずることになる。

土下座したほど追い詰められていた小林の表情も戻り、普段と違って塞《ふさ》ぎ込んでいた古谷もいつもの自信に満ち溢《あふ》れた顔をしている。

死刑判決を受けた被告に振り回され、苦杯を嘗《な》めさせられた週刊タイムズの新見班だが、反撃の狼煙《のろし》を上げるには程遠くとも、動けるだけのガスは補充された。

翌朝、正義は信楽の家に行った。いつもと同じ時間に黒ずくめの男が出てくる。

「おはようございます、昨日、戸井文香のところに行かれたそうですね」

胡乱《うろん》な目で見られたが返答はなかった。

「よく分かったなくらい、言ってくれてもよくないですか。警察だってうちの記事に書いてあったから、ミカさんが文香さんだと判明したんだと思いますけど」

そのミカとの出会いじたいに大きな事実誤認があったのだから、偉そうなことは言えない。しかしそうでも言わないと信楽はなにも話さないと、正義は無理やり得意顔を作った。

「今思えば信楽さんはヒントをくれていましたね。沼田が嘘をついていると言い、そしてうちの記事には、よく分からない人物がいる、と。あれが文香さんだったんですね」

そこまで言っても信楽は一瞥《いちべつ》もくれなかった。ただ靴音だけが交互に通勤時間帯の住宅街に響く。捜査が佳境に入ってきた証拠なのか？　佳境？　浅越殺しの真犯人が見えたと考えるのはあまりに都合良すぎるか。

すぐに自分の考えは間違っていると悟った。信楽が喋《しゃべ》らないのは捜査が進んでいるからではない。新しい情報をなにも持ってきていないからだ。そう思った正義は、戸井文香に辿《たど》り着いた理由を説明した。

「我々は記事にも出てくる、義母に虐待を受けていた沼田をサッカー部に誘った、樫山高明元教諭を訪ねました。そこで樫山先生から、沼田のファンでいつも練習を見に来ていた女子がいると聞けたのが、ミカからフミカを連想できた理由です。もちろん元組員を当たって、所沢でコンビニを経営していることまで知れたのですが」

その説明に信楽は格別、興味を示さなかった。樫山の元には行っていないと思うが、警察は週刊タイムズより先に、戸井文香に行き着いた。樫山が知る三年間より、矢代組に入ってからの沼田をより念入りに調べたのだろう。こうした時の警察の判断力の速さ、優先順位の付け方には毎回感心させられる。

角を曲がって少し広い通りに出る。先にあるコンビニの前に、小柄で前髪を切り揃えた女性が立っていたのが見えた。彼女は信楽を見てお辞儀をした。

新聞記者のようだ。彼女が信楽に強いと言われている中央新聞の記者か。毎日発行する新聞と一緒に話を聞いたら、週に一度の発売である週刊誌に勝ち目はない。次のタイムズの発売は六日も先だ。

余計な話をしていられない。頭をフル稼働させて、正義は情報になることはないか探した。一つ見つかった。

「その樫山先生が言っていました。沼田は学習障害でも発達障害でもない。勉強はできず、漢字も苦手だった。でもそれは勉強する時間もなく、小学生の頃から妹たちの世話をしていたからだ。地頭はよく、サッカーの戦術はすぐに理解したそうです」

それがいったいなんの情報になるか。話しながら自分でツッコミを入れたくなる。それでも言いかけたことだ、最後まで伝えようと、口まめになる。

「沼田はいわゆる教育孤児だっただけです。ですので今回の告白記事にしても、警察への自供にしても、沼田自身、なにか考えがあってのことだと私は思っています」

女性記者は近づいてきても良さそうだが、遠慮しているのか、立っている場所から一歩も動かなかった。

口の中がカラカラに乾くほど喋り続けた。もう女性記者との距離は数メートルになった。ここで退散するしかないか、そう思った時、信楽が正義に顔を向けた。

「よく調べていますね」

「はぁ」

褒められたのか、それとも皮肉なのか分からない。

「ですけど私は、最初から沼田は頭が悪いとも学習障害があるとも思っていません」

「過去の精神鑑定ではそう出ましたよね」

「あなたもそうじゃないと今、言ったんじゃないですか」

その通りであるが、刑事に精神鑑定を否定されるとは思っていなかった。

「頭のことが、なにに関わってくるんですか」

女性記者との距離が一メートルほどになった。ほとんど会話は聞こえている。

「沼田がなにを考えて、週刊誌にあのような記事を書かせたかです。あなたも新たな発見があれば教えてほしい。私は情報を持ってきた記者にはきちんと応じます」

そこで足が止まった。信楽は「なにを考えて」と言ったが、そのことは正義が編集部で話した沼田の胸裏と同義だ。警察も沼田が嘘の告白をした動機に、焦点を絞っている。正義が立ち止まったことで、女性記者が正義にもぺこりとお辞儀をして、信楽の横についた。

「なんだよ、切れ者の切れ者、久々に来たということはなにか面白い話でもあるのか」

女性記者が声を潜めて質問する。信楽は普段通りの声量で答えた。「分からないよ」だった。

15

捜査本部が竹の塚署に設置された。

千葉県警との合同捜査本部も上層部は検討したようだが、殺害場所が千葉なのかどうか確証が持てず、千葉県警からは捜査一課の刑事がオブザーバーで参加するにとどまった。ただし被疑者不明、沼田正樹にはなっていない。

その点は洸も納得している。浅越殺しが沼田の犯行という自信などとっくに崩れた。悔しいが、信楽や泉ら先輩たちの捜査眼の方が一枚も二枚も上だった。

それでも自分がきっかけで表に出た事件であることには変わりない。会議の冒頭で説明を求められた洸は、これまでの経緯を順を追って説明した。

最初に沼田に会いに行ったこと、さらに信楽とともに引き当たりをして、遺体を発見したこと、その上で昨日、週刊タイムズに出てきたミカこと、戸井文香に会い、沼田と文香の間に、由梨香という十九歳の娘がいるのを確認したことも。

「戸井文香には通帳を見せてもらいました。娘が生まれた月から、月末に必ず十万円ずつ振り込まれています。留学用の百万円の入金も確認しました」

報告すると、すぐさま今回の捜査本部を指揮することになった持田《もちだ》管理官から質問が飛んだ。

「毎月十万、それをおおよそ二十年続けているとなると、二千四百万円、加えて百万か。ずいぶんな大金だが、娘が生まれた時は二度目の懲役だったんだよな。金はあったのか」

「三年後の出所後も沼田には、携帯電話や盗難車の売買など出来上がったシノギが与えられました。沼田は一切遊ばないので、充分な蓄えはあった模様です」

「沼田が面倒を見ていた若い衆は、今どれくらい組に残ってるんだ」

「そのことは田口巡査部長が調べています」

「田口、説明してくれ」

「はい。現在は数人程度で、ほとんどは沼田がルカーズの二人を殺害した後にやめています。私は都内で人気ラーメン店の店主になっている木村智也《きむらともや》、内装工になった山本久嗣《ひさし》に当たりましたが、戸井文香母娘については森内巡査部長が話した通りの供述でした。

ちなみに文香の妊娠を獄中の沼田に伝えたのがラーメン店主の木村、森内巡査部長が言った、お金を文香のもとに持っていったのが内装工の山本久嗣であります。沼田の半グレ殺しは、引き抜きを断った山本久嗣がルカーズメンバーに拉致《らち》されてリンチに遭ったことが原因です。山本は半年間入院、今も肋骨《ろっこつ》に三本、ボルトが入っています」

田口は、今の生活を守るためにも元極道と周りに知られたくないと捜査に非協力的な元組員から、どうやって戸井文香の妊娠を知ったのかまで聞き出していた。

矢代亘一が他の組員と話していたのを山本が聞き、木村に伝えた。木村は矢代の許可を得ることなく、服役中の沼田に連絡。矢代に内緒にしたのは、矢代と沼田の関係はぎくしゃくとまではいかないが、けっして気心が通じているとは思えないと感じ取っていたからだ。

若くして組の幹部になっていた矢代だが、木村たちは沼田を優先した。それくらい沼田は面倒見がよく、仲間から慕われていた。

「木村智也が言うには、当時の矢代は、いつどこから襲撃に遭っても盾となる沼田を頼っていた。対して沼田は行きがかり上、矢代と一緒にいるだけで、利用されているだけだと分かっているようだったとのことです。その証拠に後輩の前で、沼田が矢代を褒めたのは聞いたことがない。かと言って矢代の悪口を言ったこともなかったそうですが」

田口は説明を続ける。

「ところで、森内たちは、沼田はどうして浅越殺しを自供したと見ているんですか。これまでの話を聞くと、沼田は夜間にトレーニングをして刑務官に迷惑をかけたり、週刊誌を使ったりと、なにか急いでいたようには感じますけど」

洸の名前を出しながらも持田の口調が丁寧になったのは、信楽に訊《き》いたからだ。洸は隣に座る信楽の顔を見た。信楽は顎《あご》をしゃくり、説明するよう指示した。

「はい。我々も急いでいるのではないかと感じました。当初は娘がいることを初めて知ったために、控訴審の延期を図ったのかと思いましたが、沼田は子供がいたことを知っていた。そうなると別の考えが浮かび上がります。九月八日に、元矢代組の顧問弁護士である妻木義利が、戸井文香のもとを訪れ、事前に専門学校生であることを調べた由梨香について詳細に聞いています。その妻木は九月十一日には沼田に面会に行きます。ここから先は推測になりますが、娘のことをちらつかせることで、沼田に浅越殺しの犯人になってくれと頼んだんじゃないでしょうか」

「それを頼んだのは矢代だな」

「そう考えています。でなければ、今は私選弁護人でない妻木が会いに行く理由が見当たりません。それに妻木が戸井文香に会ったのは、この九月が初めてです」

「そうなると浅越功殺しは、矢代亘一の犯行の可能性が高いということか」

「……はい、子分にやらせたか、それとも矢代が自ら実行したか、そこはまだ捜査中ですが」

間違いを犯した後ろめたさで、洸は言葉を吐き出すのに時間がかかった。それでも今は、矢代に命じられた以外は思いつかない。

そこで千葉県警の捜査員が「よろしいですか」と挙手した。

「どうぞ、発言してください」

持田が促す。

「うちの捜査員が、千葉県内の土建会社を当たりました。浅越功の遺体発見現場のマンション建設を請け負ったのは、都内の準大手のゼネコンですが、整地の下請けは千葉県内の柴竹《しばたけ》土建です。同社の社長が言うには、工事は本来、一年前には終わる予定だった。それが今回のマンション建設地の一部を所有していた地主が、急に土地の売却に難色を示した。そのため工期が一年延びたそうです」

「その工期が延びた理由って、まさか」

「はい、矢代組が絡んでいます。今朝になって地主はようやく矢代組から金を受け取っていたことを認めました。引き渡しに応じたのはゼネコンからの立ち退き料の額が上がったことも理由の一つですが、矢代組からの支払いが止まったこともあります」

千葉県警の刑事の報告に、散らばっていたパズルが一つに揃った気がした。矢代としてはあの土地を掘り返されたくはなかった。

だが金銭的理由からこれ以上、阻止はできなくなった。そうなるとやがて遺体は発見される。

法の手が間近まで迫りくることを感じていた矢代は、死刑が確実な沼田に自供させることを思いついた……。

「矢代が妻木を通じて、遺体遺棄現場を知る沼田に頼んできたという森内の推察が、当たりと見て良さそうだな」

持田管理官が言うが、隣で五係の間宮班長が「そうなると、沼田の告白が邪魔になりますね」と顎に皺《しわ》を寄せる。

間宮が懸念している通りだ。洸もそのことを言われると胸が苦しくなる。

「部屋長は、どうすれば沼田の自供を変えさせられるか、なにか考えはありますか」

持田が信楽に尋ねる。

「娘の命が関わっているなら、そう簡単に口を割るとは思いません、なにせ塀の中の沼田には、いくら無敵の狂犬であっても、娘を守る術《すべ》はないわけですから。ただ、唯一方法があるとしたら、週刊誌の記事にチャンスが隠れているような気がします」

「私も何度も読みましたけど、なにか取っ掛かりになるようなことはありましたっけ？」

「Yというイニシャルが七十回出てくるんですよ」

信楽は固有名詞をマルで囲っていた。それを数えたのだろう。七十回と言われて驚いたが、それくらいYというイニシャルは多出していた。

「その数にどんな意味があると部屋長は思っているのですか」

「確かに矢代が妻木を使って身代わりを頼んできた公算は大きいです。どういう言い方をしたかは分かりませんが、沼田が死刑になっても面倒を見る、と。ただし娘は二月にハタチになるわけですから、面倒を見るはおかしいでしょう。その逆として沼田は受け取ったと私は思っています」

「逆とは、引き受けないと、娘がどうなっても知らないぞという意味ですか」

「はい、脅しです」

「そうなると、余計に沼田は強情になりませんか」

「おっしゃる通りです。ですが脅しといえども、沼田はけっして屈していない。娘にもしおかしなことをすれば、俺は事件の真相を洗いざらいぶちまけてやる。沼田の返事が、あのイニシャルの数に含まれているような気がしてなりません。こればかりは私の空想でしかありませんが」

空想と言ったが、信楽は自信を持っているように思えた。沼田と矢代の関係は五分と五分。それは戸井文香や後輩たちも証言している。

「ずいぶん手の込んだことをしますよね。それなら沼田も週刊誌など使わず、伝えた弁護士に、そう言えばいいだけではないですか」

持田管理官の質問も的確だった。娘に手を出すな。そう言えば済む話だ。

「沼田というのは矢代を信用していません。いえ、そればかりか人を信用できない性格です」

「週刊誌を読む限り、自分を救ってくれた暴力団じたいには感謝しているように読み取れましたが」

「感謝しているのは事実だと思います。でもそれが矢代への忠誠心には結びつきません」

「娘が関わってくるとなると、余計に真実を語らせるのは難しいですよね。矢代の犯行だと自供を覆せば、矢代が娘になにをしでかすか分からないわけですから」

「そうであっても、矢代とのいびつな関係を断つよう言って聞かせます。我々にできることは、矢代の身柄《ガラ》を取って落とすか、もしくは事情を知る沼田に供述させるかしかありません」

淡々と話していた信楽だが、最後の部分は語勢が強くなった。

警察の捜査は基本、人対人である。

刑事が腹を割って問いかけ、人の持つ良心に訴えていく。どんな凶悪犯でも少なからず良心は持っている、そう信じて向き合わないことには、人を取調べることはできない。

その後、担当が振り分けられた。

洸は信楽とともに明日《あした》から東京拘置所で沼田を聴取することになった。

会議の終了直前、早くも事件が動いた。

参加していた鑑識課員のもとに連絡が入った。科捜研が浅越の遺体から皮膚らしき組織を検出した、それが矢代亘一のサンプルと一致したというのだ。

「鑑識の手柄だな。矢代を引っ張る方法がないか考えよう」

容疑はただちに見つかった。

ある自動車工場が、盗難車の高級外車から、ＧＰＳを含めた盗難防止装置を取り外していたことで小岩《こいわ》署に逮捕されていた。

今は盗難防止装置も複雑になっており、簡単に取り外すことはできないが、海外から特別なルートで導入した機器を、その工場は常備していた。その工場が矢代組と関係していたのだ。

持田は小岩署に協力を要請、小岩署の盗犯係が、工場主に矢代組から頼まれていたことを自供させた。

これで別件とはいえ、矢代亘一の身柄を取れる。

捜査本部といっても三十名ほどの小規模のものなので、矢代亘一の検挙には洸も加わることとなった。

その日、矢代は会食があるらしく、夕方には組の車数台で、出かけていった。

矢代組を張り込んでいた五係刑事が尾行する。会合場所は台東区の浅草寺《せんそうじ》の裏側、いわゆる裏浅草《うらあさくさ》と呼ばれる飲食街にある焼肉屋だった。

十人の捜査員が方々に散って待機する。洸はイヤホンを挿して、裏通りにあるコインパーキングの陰に隠れ、店の裏口を見張っていた。冷たい夜風にジャケットの襟を立てる。

〈今、正面玄関に車がつきました〉

近隣の店の協力を得て、二階から見張っている五係の刑事の声だ。

〈正面から出るとは限らない、気をつけろよ〉

班長の間宮が返答した。裏口を見張る洸と田口に向けた指示だ。

そこで無線から品のない声が聞こえた。

〈なんじゃ、てめえら〉

方々に隠れていた捜査員が集まったことに、組員たちが息巻く。

〈矢代はいない、田口、森内、裏だ〉

間宮の指示に「行くぞ、哲」と言って、洸は裏口へと走る。

着いたタイミングで裏口の扉が開き、中折れ帽を被《かぶ》った矢代ともう一人、スーツ姿の男が一緒に出てきた。矢代よりスーツ姿の男の方が狼狽《ろうばい》していた。

「なんだ、あんたら」

矢代がドスを利かせる。

洸は矢代を見てから、視線をスーツ姿の男に移した。

そこには妻木が立っていて、バツが悪そうに視線を逸《そ》らした。

「なんの容疑だよ」

矢代がイキる。

「山城《やましろ》オートサービスに盗難車のロック解除を依頼しましたね」

隣から田口が冷静に言う。

「知らねえよ、そんなちんけな工場」

「そういうことは署で聞かせてください。あなたには窃盗罪で逮捕状が出ています」

窃盗教唆でも幇助《ほうじょ》でもなく、捜査本部は窃盗罪で逮捕状を取った。

矢代は右側に逃げた。すぐさま田口が反応する。足が万全ではない矢代は田口なら簡単に捕まえられる。案の定、数メートルもいかないところで確保した。五係の他の刑事も正面から駆けつけ、手錠をかけた。

洸はその場から動かなかった。目の前の妻木は棒立ちのままだ。

「妻木先生、こんなところで再会できるとは思っていませんでした。まだ矢代組と関わっておられたんですね」

「それは……」

離れた場所の街灯のみが頼りの、裏通りの薄明りでも、妻木がおののいているのが分かった。

距離は一メートル、だが逃げだすことはないだろう。拘束しているつもりで、目頭に力を入れて強い視線を送る。

「先生にもお話を聞かせてもらいましょうか」

「私になんの罪がある」

窃盗罪には妻木は関与していない。

「先生はもしかして沼田を脅迫していませんか」

「なにをおかしなことを言うんだ」

「おかしなことかどうか確かめたいからお話を聞きたいんです。それとも弁護士会に電話して、抗議してもらいますか」

自分でも感心するほど、この夜の洸は頭が回った。妻木は、矢代と会っていたことを弁護士会に密告されると感じ取ったのだろう。

「これからですか」

「いえ、遅い時間ですし、明日でも構いません。逃げたりはしないでくださいね」

妻木の場合、任意での捜査となる。留置所に泊まらせるわけにはいかず、明日が妥当だ。

「分かりました。明日は午前中に顧客が来ます。午後一番に事務所に来てください」

一度俯《うつむ》いて発した妻木の声は、夜風で途切れそうなほど震えていた。

16

「また来たんですか、電話でも断ったじゃないですか」

所沢のコンビニ店を訪れた正義と小林に、戸井文香は露骨に顔をしかめた。

警察が来た後に、週刊誌の記者が来て、一日置いてまた記者が来たことに、従業員も不審な顔をしている。

詳しい事情までは従業員に知られていないかもしれないが、迷惑なのは間違いない。

だが彼女は毅然《きぜん》としている。それが余計に申し訳なく思う。

「戸井さんにご迷惑をかけているのは理解しています。ただ彼にこれ以上、汚名を着せないためには、戸井さんしか説得してくれる人はいないと思うんです」

正義が言うと、隣の小林も頭を下げた。

警視庁は浅越功の遺体が発見された現場を所轄する竹の塚署にようやく捜査本部を設置した。

さらに昨夜、窃盗罪で矢代亘一を逮捕した。

古谷が取材した新聞記者は「得意の別件逮捕だ」と一課の捜査手法を非難していたそうだが、正義は、現段階では矢代を引っ張って自供に追い込むのは致し方がないと見ている。

痛恨だが、週刊タイムズの沼田の告白文が誤報であったことは間もなく警察の捜査によって周知される。

被疑者の一番手は矢代亘一。警察はなにがなんでも矢代から自供を引き出そうとするはずだが、警察がどれだけの証拠を持っているかも分からない時点で、暴力団組長が易々と殺しを白状するとは思えない。

そうなると自分たちが割り込む余地も出てくる。

今、事件の真相を明らかにできるのは遺体遺棄現場を知っていた沼田だけだ。真犯人を知る沼田が、証言すれば、矢代は実行犯であろうと、共同正犯、教唆犯であろうと、殺人死体遺棄で逮捕される。

そう思って、昨夜、文香に電話をかけた。「沼田さんに会ってほしいとは言いません。

ただ、真実を話すよう伝言をいただけませんか。必ず我々が沼田さんに伝えますから」と。だが答えは「私にはできません」だった。

「奥に行きましょうか」

この場で追い払われてもおかしくないほどの剣幕だったが、戸井文香はバックヤードに入れてくれた。

「電話で断られたのに、また訪れて申し訳ございません。ですが沼田さんを救ってあげられるのは、戸井さんしかいない、その考えはひと晩経っても変わらず、お願いに参りました。私たちは雑誌に沼田さんの嘘の告白を載せてしまいました。罪を償っている沼田さんに、やってもいない罪を着せたくないんです」

人の迷惑を顧みないメディア特有の自分勝手な理屈だとつくづく嫌になりながらも、言い訳じみた説明する。

文香の眉根《まゆね》が寄る。都合のいいことばかりを言っているとうんざりしているのが表情から窺《うかが》い取れる。

小林も続いた。

「僕はあの記事を書く前に、沼田さんとつごう五回面会しました。沼田さんの子供時代の話を聞き、不憫《ふびん》に思いましたたし、高校のサッカー部での話は矢代に怒りを感じました。だからといって暴力団員になったことや事件を起こしたことまで同情してはいけないと、そこは肝に銘じて接してきましたが、真剣な目で話す沼田さんが、唯一、遠くを見つめるかのように表情が和んだ瞬間があったんです。それが文香さん、文中ではミカさんの話をした時です」

これまで聞いたことがないほどの熱弁を振るった。

「私の話ですか？」

文香が小林を見つめる。

「そうです。懐かしそうになにかを思い浮かべているように感じました。私は失礼ながら、主題からは逸れていると思い、次の質問を考えながら聞いていたのですが、途中から話に惹《ひ》き込まれました。今思えば、沼田さんは、文香さんと娘さんとの温かい家族を思い描いていた。三人での生活を思い浮かべることで、辛《つら》かった自分の幼少時代を塗り替えていたように今は感じています」

きっと、そうだ。沼田が文香について話した時には居合わせていない正義にも、想像はできた。沼田は今も文香を大事にしている。会ったこともないのに、由梨香も沼田の心の中で成長している。それが蠟燭《ろうそく》のように短くなっていく命を灯《とも》す炎になっている。

「先日、戸井さんから、一度断ったのに沼田さんが養育費を支払った話を聞いた時も、同じことを思いました。沼田さんは小さい頃、食べるものがなくてとても苦労しました。お子さんに自分と同じような辛い経験をさせたくなかったんだと思います」

「あの人、ずっと孤独だったから」

硬かった彼女の表情が和らぎ、ポツリと呟《つぶや》いた。

「文香さんという存在があっても、孤独さを感じたわけですね」

「そりゃ分かりますよ。私と一緒にいても、ずっと遠慮していて、俺なんかでいいのかって何度も言われました。付き合ったのは二十七くらいですけど、中学の同級生ですよ。私がよく練習や試合を観に行って、人気があった矢代ではなく、沼田を応援していたのは、彼も知っているはずです。それでも沼田は私のことを、自分にはもったいない、俺なんかよりもっといい男がいる、そんなことも言いました。他の男が同じことをやったら、女の気持ちを惹き付けておくためにずるいことを言ってると思いますけどね。沼田は本当にピュアな人だったので、私はますます彼が好きになりました」

「でも離れる決心をされたんですよね」

思わず口をついた言葉に、「すみません、失礼なことを言って」と正義は謝罪した。二度目の服役後に彼女が沼田と離れる決意をしたのは、次は必ずヒットマンの役目をさせるという矢代の言葉を聞いたからだと説明を受けている。

だが文香は、この日は違う理由を話した。

「もしお腹に子供がいなければ、私は沼田が帰ってくるのを待っていました。それで今度は殺人罪で服役しても、長くても待っていたと思います。でも子供ができるとなると、そうはいきません」

殺人犯の子供になってしまう――それはさすがに言えなかった。籍を入れなくても文香は未決死刑囚の妻であり、由梨香は未決死刑囚の娘であることには変わりはない。

「由梨香には申し訳ないけど、お腹の子供は堕《お》ろそうとも考えました。一人なら沼田がどれだけ世間から非難されても、私は耐えられると思ったからです」

そこまで沼田のことを愛していたのか。改めて彼女の思いを聞かされた気がした。

「ただ、私がどうかより、沼田はどちらを望むかを考えたんです。あの時の私は、沼田が子供を産んでほしいと言うと思いました。一緒に住めなくてもいい、籍も入れなくてもいいって。子供の命を粗末にしたくないがための身勝手な理屈ですけど、その思いは今も変わりません」

「その判断で正しかったと思います。現にお二人の存在が沼田さんの心の支えになっているのですから」

「はい、私も産んで良かったと思っています。後輩の山本くんがやってきて、『沼田さん、喜んでいました。一人で大変だろうけど、文香さんなら立派な母親になれる、文香さんがそばにいれば、いつも笑っていられる明るい子供に育つはずだ』、そう言った時は涙が出ましたから」

いつも笑っていられる明るい子供——そうした語句にも沼田の暗い幼少時代がコントラストとなって表れている。

誕生月から養育費の支払いが始まった。およそ二十年、沼田は服役中であっても支払いを途切れさせたことはない。

「私だって、あの人にこれ以上、罪を着せたくないですよ。まして自分がやってもいない罪を認めるなんて」

訴えるように言葉を連ねていた文香が、息を止めるかのように言い淀《よど》んだ。

「どうされましたか」

「昨日、刑事さんから連絡があったんです。由梨香さんに警護をつけましょうかと」

「警護？　どういうことですか」

正義はピンと来なかったが、隣から小林が「矢代亘一が逮捕されたからですか」と口を挿《はさ》む。彼女はしばらく硬直してから頷《うなず》いた。

そこで警察がなにを考えているのか、正義にはようやく想像がついた。

沼田がやってもいない殺人事件を自供したのは、死刑逃れではなく、娘の由梨香について、矢代から脅されたから……警察はそう見立てているのだ。

矢代亘一は逮捕されたが、それでも子分には連絡できる。別件とはいえ、逮捕されたことで、矢代は沼田が自供し、自分の捜査が窃盗から殺人に切り替わるのではないかとますます焦っている。

「ようやく理解できました。どうして沼田さんが今回、うちの雑誌にやってもいない事件を告白したのか」

「僕にも沼田さんの気持ちが伝わってきました。沼田さんはご家族を守りたかった。だからミカさんのくだり、僕が不要だと言っても必ず載せてくれと言ってきたんですね。それこそ矢代に対しての返答が含まれていたんですね」

小林も力説する。小林から聞いた話を辿《たど》ってみる。話した通りに書いてほしいと要望を出した沼田がとくにこだわったのが、高校時代に矢代にされたこと、そしてミカのことだったらしい。

家族を守ることが、限りある命の中で沼田がすべき最後の役目であり、それを週刊タイムズに書くことで、もし由梨香、もしくは文香に危害を加えたら、容赦なく犯行をばらすと、矢代に対して警告したのだ。

そうなると、自分たちが望んでいる文香のメッセージを沼田に伝えて、真実を語らせる行為は、母娘を危険に晒《さら》す。

「そういう事情なら、戸井さんが断るのも当然ですね。事情も知らずにすみません」

「私はどうなってもいいんです。でも娘だけは、危険な目に遭わせたくはないので」

「おっしゃる通りだと思います。沼田さんの意向にも沿わなくなりますね」

文香からどんな言葉をもらっても、沼田が決意を変えることはないだろう。矢代が起こした事件がどれだけ大きな罪であっても、娘の安全を願う父親の気持ちを上回ることはない。

「どうしてそこまでして、人のことを考えられるのか、私も不思議に思ってしまうんですよね」

文香が少し目線をあげて呟いた。

「沼田さん、昔から思いやりがあったんですね」

文香だけではない。若い衆にも慕われていた。喧嘩《けんか》が強い上に人望もある、任侠《にんきょう》の世界では最強だ。

だが彼は本来、その世界にいる人間ではない。滑落事故にでも巻き込まれるかのように不幸の崖坂《がけざか》を転がり落ちていき、一般の世界では生きられなくなっただけだ。

高校時代や少年院退院後に、樫山教諭のような大人がもう少し多くいて、救いの手を差し伸べてあげていれば――樫山の言葉を借りるなら、「人生を諦《あきら》めてしまっている子供を前向きにさせる」ことができれば、歩いてきた裏街道に光が射し、明るい人生に変わっていた。

「あの人、いつも他人の心配ばかりしていました。私だけでなく、後輩には組を抜けろ、おまえなら別の仕事で食っていけるとアドバイスしたり。あなたが組を抜ければいいじゃないと、私は言ったけど、俺はもう大きな罪を犯したからいいんだって。そういう時だけあの人の心の中が見えなかった。きっと真っ白できれいな心だから、私には見えなかったんだと思います」

もう大きな罪を犯した？　すでに傷害で懲役を受けていたが、それより高校で矢代を病院送りにして少年院に入ったことを指している気がした。あの事件がなければ運命は変わっていた。

警護の連絡をしてきた警察には、「ありがたいけど、そうされると、由梨香の生活に支障をきたすので」と文香は丁寧に断りを入れたそうだ。

「由梨香さんって、いつイギリスに行かれるんですか」

「誕生日なので二月二十四日です」

まだ二ヵ月以上ある。由梨香の安全を考えるなら、沼田の証言を得るのは彼女が出国してからだ。

だがそれまで矢代を勾留《こうりゅう》することはできない。

このままでは浅越殺しでは起訴できず、今の逮捕事案は罰金刑など微罪で済む。

一方、沼田は控訴審で浅越功を殺したと発言しようとも、検事も裁判官も取り合わないだろう。死刑は確定する。浅越殺しの真相は藪《やぶ》の中だ。

戸井文香の言葉を伝えて、沼田を変心させることが、誤報を掲載した自分たちの責任の取り方だと、勇んでやってきた。

だが思い知らされたのは、メディアの無力さでしかなかった。

17

洸と信楽が東京拘置所で沼田と向き合って一時間が経過した。

本来なら捜査本部に移送するが、マスコミが騒ぎ出すのであえて小菅で行うことにした。面会とは違うので、別室を用意してもらいアクリル板なしで対面している。

「沼田さん、本当のことを話してください。浅越さんを殺したのは矢代亘一でしょ。矢代は今は窃盗罪で逮捕されて警察署にいます。我々は殺人罪に切り替えるつもりなので当面、矢代は外に出ません。あなたが心配している戸井文香さん、そして由梨香さんに危害を加える心配はありません」

由梨香と言った瞬間のみ、沼田の瞳《ひとみ》が反応したが、それも気のせいかと思う程度で、沼田の細面は口を固く閉じたままだ。

隣で信楽がじっと睨《にら》んでいる。信楽が取調べで得意としている無言の圧力だ。喋《しゃべ》らないことにむしろ恐怖を抱いて自供してしまう被疑者もいるが、おそらく今日は無理だろう。

そのことは信楽も分かっていて、ここに来るまでに「新しい証拠でもなければ沼田を心変わりさせるのは難しいだろうな」と話していた。

現時点での捜査本部の見立ては、矢代が借用書を奪うため、直接、浅越に会ったということだ。

おそらくそれが千葉のスナックの空き店舗だったのだろう。

当時の組長代行にも隠していたギャンブルの借金を組員に知られたくなかった矢代は、大勢で動くことはせず、沼田だけに相談した。

沼田が遺棄現場を知っていたのは、矢代に殺害日の事前に、穴を掘るのを頼まれたからだろう。

ただし沼田一人に行かせたのではなく、矢代も一緒に掘りに行ったはず。二人の関係が対等なら、沼田はそのような一方的な命令は受けないし、一緒に行かないことには、遺体を運んだ時、矢代はどこに穴があるのか雑木林を彷徨《さまよ》うことになる。

だが、いざ実行日、矢代に大きな誤算が生じた。

カウンター裏に潜んで、背後から浅越を絞殺したが、その際に抵抗され、爪に浅越の皮膚の一部が残ってしまった。

そのことは今、捜査本部のある竹の塚署で、殺人五係の間宮班長が取り調べている。矢代に浅越のことを聞いても完全否認。もちろん皮膚のことも出したが、矢代は「浅越社長とはあの頃、頻繁に飲みに行ってふざけ合っていた」「悪酔いすると手が付けられなくなる人で、何度かひっかかれたことがある」「自分らの間にトラブルなどなかったし、金など借りていない」……どの店で飲んだのかを聞いても答えられないくせに、そううそぶいているらしい。

だが捜査が行き詰っているわけではなかった。五係のベテラン刑事が、矢代組のフロントを抜けた関係者をあたり、六月七日の三日前、矢代の命令で一億三千万円をかき集めて渡し、その金は八日には全額返金されたことを摑《つか》んできた。おそらく金は、もし浅越が先に待ち合わせ場所に来ていた場合、油断させるために用意したのだろう。

さらに田口が、二つの殺人事件が起きた昨年の六月七日、関東の三ツ和一家の会合があり、当初は出席予定だった矢代が、当日になってキャンセルしてきたと調べてきた。

その事実を明かした元組長は、今は勇退して三ツ和一家とは距離を置いている。田口が浅越殺しへの矢代の関与を話すと、鼻の穴を広げてこう続けたという。

——六月七日と言ったら沼田が一人でルカーズの二人を射殺した日だろ？　そんな日は普通、親分は事務所を出ない。矢代はそうした裏社会の常識を逆手に取り、浅越って金貸しに、日にちを変えてもらったんじゃないのか。矢代はそういうところに頭が回る。普通は大きな仕事をやってのけた組員をどうやって逃がすか、組で構えて連絡を待つものだけど、矢代に組員を思う配慮なんてない。そこが沼田との違いだよ。だから沼田が懲役に出るたびに組員は抜けて、矢代組は弱体化していったんだ。

元組長の話も沼田にした。

「いいえ、浅越を殺したのは私です。矢代組長は関係ありません」

まったく効き目はなかった。

養育費の件も聞いたが、無言だった。

「苦労をかけたくないのであれば、一括で払っても良かったんじゃないですか。沼田さんはどうして月払いを選んだのですか」

尋ねたが、月払いになった理由は戸井文香から聞いて知っている。

——沼田は由梨香が生まれた時、一千万を渡したいと、山本くんを通じて言ってきたんです。でもそんな大金は受け取れないし、「私が使っちゃうと困るから」と冗談っぽく断りました。そうしたら毎月、十万円が送られてきました。まもなく二十年ですから、送られてきた総額は、一千万円の倍以上です。

しっかり者の文香が娘の養育費を自分で使うわけがない。それは沼田も分かっていたはずだ。それでも沼田が従ったのは、その方が文香は受け取りやすいと思ったからだ。会えなくとも父親らしいことをしたかったのかもしれない。会社の金を横領して、血も繋《つな》がっていない女に子供を預けて、フィリピン人女性と逃亡した父親のようにはなりたくなかった。

自分が味わったのとは別の世界で、血の繋がった娘には育ってほしかった。娘に近づかなかったのも同様の理由だ。「ドロボー二世」。そうあだ名がつけられた自分のように、娘が友人から後ろ指を指されないため。

「私にはそんな女性も子供も心当たりがありません」

沼田はしらを切る。

「では週刊タイムズに、なぜミカという女性を出したのですか」

「ふとそんな女性がいたなと思い出しただけです。刑事さんが言った文香さんという女性とは別人です」

見え透いた嘘を吐く。

「まぁ、いきなり全部話してほしいと言っても頭の整理がつきませんよね。ですが矢代を刑務所に送る千載一遇のチャンスなんです。あなたはけっして矢代に対して胸襟を開いていないんでしょ。よく考えてください」

この日も「森内が主導で聴取しろ。俺は沼田の表情の変化を見るから」と言った信楽が、沼田の前で初めて口を利いた。

沼田と信楽はしばらく視線がぶつかっていた。胸襟を開いていない——あえて難しい言い方をしたが、沼田には伝わっている。

沼田が視線を逸《そ》らした。矢代に心を開いていないのは間違いなかったが、かといって警察を信用しているようでもない。

大人を信用できずに育った少年の心の傷は、四十八歳の中年になってもそう簡単に癒《い》えるものではない。


二時間半の取調べを終えて、竹の塚署に戻る。小菅から竹の塚署まで車で十五分ほどなので、時間がかかることなく到着した。

車を駐車しながら洸は落胆していた。

このままでは沼田を切り崩すのは難しい。捜査本部はＤＮＡという証拠を掴み、矢代の犯行の可能性が高いとさらに証拠固めを進めているが、今のままでは殺人容疑での再逮捕には至らない。

今頃、田口と五係の刑事が、妻木を聴取しているが、妻木も証拠がない現状では、矢代の犯行だと知っていても話さないだろう。妻木への事情聴取は、現状では勾留中の矢代の入れ知恵をさせない、沼田を脅すメッセンジャー役にならせないという、意味しかなさない。

沼田の聴取は、明日《あした》は午前、午後と合わせて六時間を取った。根性がある沼田が長時間の取調べに音を上げることはないだろう。とても自供を覆すとは思えない。車のエンジンを切ると、信楽に指摘された。

「どうした、森内、ため息ばかりついて」

「ため息なんか出てましたか」

「ああ、運転しながら三回くらい聞こえたよ」

「すみません。自分には、娘の身を案じている沼田が、このままではとても真相を語るとは思えなくて」

この日の取調べでも、どうしてルカーズ殺しは自分でないと取調べや法廷で言わなかったのかという洸の問いに、沼田は「組での立場の弱い者が罪を被《かぶ》らされるくらいなら、自分でいいと思いました」と侠客《きょうかく》としての流儀を貫いた。

だが、沼田からはヤクザらしく見られたいといった見栄は感じられない。

仲間が不条理な被害に遭えば許せなくなる。沼田が狂犬になるのはその時だけだ。盗難車の売買など不法な行為で金を稼いでいたが、話している印象は実直で、反社会的勢力にいた人間にすら見えない。

「それでもなんとか粘るしかないよ。いくら捜査本部が証拠を集めて、矢代を殺人罪で逮捕、起訴できたとしても、法廷で弁護側の証人として呼ばれた沼田が、矢代じゃない、殺したのは自分だと供述すれば、一気に矢代は無罪へと流れが変わってしまうんだから」

「はい。自分たちが事件の肝を任されているようなものですからね」

矢代の弁護士が誰なのかはまだ決まっていないが、沼田の国選弁護人よりはるかにマシな弁護士が付くだろう。その弁護人は、洸たちが調べたように、矢代と沼田の実際の関係まで持ち出すかもしれない。けっして心が通っているはずのない矢代と沼田が同じ供述をすれば、それまで積み上げてきた証拠までが説得力を欠き、警察の敗北となる。

さらには沼田には、遺体遺棄現場を知っていたという秘密の暴露にあたる絶対的証拠もある。

自分はどうして勝手に沼田に会いに行ってしまったのか。洸が会っていなければ、そのことを週刊タイムズに書かれることはなかった。週刊誌によって表に出たから、信楽も致し方がなく聴取したのであって、あの現場を自供するのは、すべてを知る真犯人でなければばならなかった。

「弱気になったらダメですよね。自分が勝手に動いたのが、事件を複雑にしたわけですから」

「勝手ではないだろ。俺が報告しなくていいと言ったわけだし、ちゃんと庶務担の内井くんには伝えたわけだし」

胸を張ってそうですとは言えなかった。信楽が検査入院している間に、事件を解決しようと意気込んだ。自分の軽率な行動のせいで、浅越殺しが沼田の犯行で解決していたかもしれないと思うと、おぞましさにぞっとする。

「今頃言うのは恥ずかしいですが、二係捜査の難しさを知らされました」

どうしても自供頼みとなる二係捜査で、これまでは冤罪《えんざい》にならないよう、注意しながら聞き出すことに努めてきた。だが今回は逆の意味での危険を知った。自供頼みになるということは、犯人ではないと分かっている人間でも、嘘の自供により被疑者として調べなくてはならなくなるということだ。そのことで真犯人を逮捕できないというジレンマに陥る。

「難しさを分かっているなら、最後までやり通さなきゃ」

「はい」

思いのほか、信楽の優しさを感じた。


捜査本部に入ると、持田管理官の隣に紺の背広を着た男性が座っていた。

「音無検事」

洸が声を出すと、音無は立ち上がって「お疲れさま」と労《ねぎら》ってくれた。

「沼田の決意は固いですか」

「そうですね、自分がやったの一点張りです。由梨香という娘の名前を出した瞬間だけ、ハッとした表情を見せましたが」

信楽が説明する。あの娘の名前に反応した時が切り崩す唯一のチャンスだった。とはいえ、どう崩せた？　いくつか会話をシミュレーションしても、落とせるまでは思い浮かばない。信楽もなにも言わなかったから、二係捜査に知悉《ちしつ》した信楽をもってしても、攻略法は見つけられなかった。

「それよりどうしたんですか、検事」

「矢代亘一の捜査容疑が殺人に切り替わり次第、私が担当することになったんです。先に挨拶《あいさつ》だけでもしとこうと思いまして」

検事が警察に顔を出すことはあまりない。ヒエラルキーでは検事が上で、被疑者を逮捕した警察が四十八時間以内に送致して、初めて検事と顔合わせとなる。

「音無検事は矢代の犯行説、どう思われていますか」

音無と目が合った洸は、思いついたことを尋ねた。

「矢代の犯行かどうかは、これから調べてみないと分かりません」

慎重な検事らしい発言だった。ただ胸に秘めた思いは刑事と同じだと思い知らされる。

「ですが、なにかしらの形で矢代が関わっていることは疑っています。沼田が遺体遺棄現場を知っていたのは、事前に穴を掘りに行ったからだと捜査本部は見ているそうですね」

「はい」

「私も同じ考えです。ただし無役とはいえ、矢代と対等に口が利ける沼田が穴掘りを引き受けたのは、こういう時のために自ら現場を知っておこうと思ったからだと、私は筋読みしています」

「こういう時とはどういうことですか」

「矢代の裏切りを知った時ですよ」

「沼田にすべての罪を押し付けてくるということですか」

「鉄砲玉になったくらいですから、押し付けられるくらいは我慢できたんじゃないですか。それ以上のことです。沼田が矢代を心底信用したことは、一度もなかったでしょうから」

信楽も拘置所で沼田に似たことを言っていた。胸襟を開いていないと。音無検事は続けた。

「罪を被せるために娘を出してきたことを、沼田は許せないと感じたのではないですかね。私が取調べた時のあの静かな沼田正樹とは別の顔で、弁護士の遠回しの脅しを聞いた……」

今日の沼田の顔を思い出す。けっして怒りに満ちていたわけではない。だが矢代への不信感は窺《うかが》い取れた。

正義感の強い沼田が自由の身なら、弁護士を介した脅しに臆《おく》することなく母娘を守り、その上で矢代と戦うだろう。だが沼田は一生、シャバには出られない。それが分かって矢代は妻木を動かした……。

「こうなると、沼田を煽《あお》ることで、矢代への怒りを引き出すしか手はないかもしれませんね」

洸は安易に口にしてしまったが、普通の捜査ならまだしも、自供が大事なファクターになる二係捜査では煽るなんてことはあってはならない。

「やり方は丁寧にすべきですが、沼田の説得が矢代を法廷に送る一番の近道になります」

「はい、今の煽るは訂正させてください」

「信楽さんが付いているんだから、森内さんもそんな捜査はしないでしょう」

音無は信楽を見てから、「私も矢代が殺人罪で逮捕されれば徹底的に調べますし、法廷では必ず有罪に持ち込みます。ですので、森内さんも大変でしょうが頑張ってくださ い」と、再び洸に目を向けた。

「はい、ありがとうございます」

音無から励まされ、少し気持ちが楽になった。

その後は、管理官に提出する今日の聴取の報告書を作成しようと、背負っていたリュックを下ろす。

捜査本部が立つと数日は泊まり込みになるが、二係の信楽と洸は自宅に帰っていいことになっている。だが自宅に帰っても妻や娘に苛立《いらだ》つ姿を見せるだけなので、他の刑事同様、今晩は所轄に泊まろうと考えている。その方が他の刑事との情報交換もできる。

ただし泊りとなると、妻に警察署まで着替えを持ってきてもらわないといけない。面倒だけど頼もうとスマホを手にすると、竹の塚署の刑事課員が声をかけてきた。

「部屋長と森内くん、面会の女性が来てますよ」

「女性？」

信楽を見る。だが信楽も心当たりはないようで首を傾げた。

「戸井さんです。一階だとマスコミの目に触れるので刑事課に通してもらいました」

「戸井文香だ、行こう」

「はい」

「私も行っていいですか」

音無検事に信楽は「来てください」と言い、駆け足で刑事課に向かう。

刑事課に入ると、前回はコンビニの制服姿だった戸井文香が、紺のダウンを着て座っていた。

その横にベージュのダウンを着た、背の高い小顔の若い女性も座っていた。

洸たちの到着に、文香は立ち上がった。

「すみません、急に」

「どうされましたか」

そう声を発したのは信楽だ。だが洸はその間、文香の隣の若い女性から目を離せなかった。おそらく由梨香で間違いない、それくらい文香とよく似ている。

「週刊タイムズの記者さんに頼まれたことがあって、それを由梨香に話したんです」

若い女性が気になったが、文香の声に洸も顔を向ける。

「頼まれたこととは？」

「記者からは、あの人がこれ以上罪を被《かぶ》らないよう、私のメッセージがほしいと言われたんです。その時は私は由梨香が危険だからと断りました」

「その方がいいです。戸井さん親子が出るのは危ないです」

信楽の言ったことを洸も思った。文香からは断られたが、由梨香に警護をつける提案の連絡をしたのは洸だ。

文香がおもむろに首を振った。

「でも娘に相談してみたんです。そうしたらメッセージではなくて、由梨香は自分でお父さんを説得したいと言い出して」

想像もしていないことに、洸は驚愕《きょうがく》して文香の隣の女性を見た。由梨香は真っ直ぐな目で信楽を見返していた。

「大丈夫なんですか」

洸は確かめるように尋ねる。由梨香の強い目線が信楽から洸へと移った。

「はい、私がなに不自由なく育ったのは父のおかげなので」

「ですけど……」

元暴力団員で、二人を殺し、死刑判決を受けているのだ。親子の縁を切りたいと思っても不思議はないし、そもそも戸籍上は父娘でもない。

「母から、父がどのような家庭で育ったか聞いていましたが、週刊誌に出ていた父の幼少時代の話を読んだ時、こんなひどい目に遭っていたんだと涙が出ました。父がしたことは悪いことですけど、だからってこれ以上罪を被るなんて可哀想すぎます。父と会って、これまでのことを感謝して、そして自分の意見をちゃんと言わないことには、私自身、これからの人生を送れないと思うので」

洸の十九歳の頃とは比較にならないほど、彼女はしっかりした口調で語った。説明だけでなく、感謝と父を救いたいという優しさまでが伝わってくる。

男女の違いがあるのだから、声は当然ながら似ていない。

だが長身のせいか、顔付きのせいか、それともいつも仲間思いだった実父の心までを受け継いでいるせいか、母親似だと感じた由梨香が、洸には沼田の顔と重なって見えた。

18

翌日に東京拘置所で沼田正樹と戸井文香、戸井由梨香の家族三人が面会した。

面会室に入ってきた沼田は呆然《ぼうぜん》と二人を見つめたまま、一歩も動くことができなかった。

職員に促されて席についてから、文香が由梨香を紹介した。

由梨香はまるで知っている人のように話しかけた。最初は言葉を発することなく、ただ見つめていた沼田だが、由梨香が今取り組んでいる彫刻の作品や留学先のアカデミースクールについて聞くと、「すごいな」「そんなものも作れるんだ」とちゃんと声に出して感嘆していた。

二人が、これ以上嘘の告白で罪を重ねないでほしい、真実を語ってほしいと嘆願すると、沼田はポロポロと涙を流して何度も頷《うなず》いたという。

その現場には、捜査一課の刑事は立ち会わなかったから、すべて面会を終えた文香に聞いたことである。

会話の一言一句までは聞いていないが、沼田を心変わりさせるには充分だった。

二人が帰ってしばらくしてから、沼田から「話があるので刑事さんを呼んでほしい」と申し出があった。拘置所の別室に控えていた洸と信楽が、取調べ用に用意された部屋に入る。目を真っ赤に腫《は》らした沼田がすでに座っていた。

沼田は洸たちの姿を見ると、急に立ち上がり、まるで高校生のスポーツ選手のように深く頭を下げた。

二人と会えたことを感謝してくれているようだった。警察が説得したわけではない。文香が娘に相談し、由梨香が会いたいと言ったから実現したのだ。ただ由梨香が決意したのは、沼田が養育費を欠かすことなく、父娘の絆《きずな》を切らさなかったからである。

「すべてお話しします。浅越功を殺害したのは矢代亘一です」

腰を下ろすと、間を空けることなくそう言った。

「どうして矢代だと断定できるのですか」

これまで通り、洸が訊《き》き役となって質《ただ》す。

「去年の五月末の段階で、借用書を取り返さなくてはならないと、当時はまだ若頭だった矢代から相談を受けました。矢代は組の金を使って韓国のカジノに遊びに行き、数千万円負けました。返済のための借金を浅越に頼み、組のフロントが持っているビルを担保にしました。そのビルは、うちが扱う危険ドラッグの倉庫にもなる重要な場所でした。矢代は組長の甥《おい》っ子だし、代行もいずれは矢代に跡目を譲ることには同意していましたが、穴埋めにビルまで取られたことがバレると、矢代は跡を継げなくなります。だから私に頼んできたわけです」

「相談ではなく、頼むってことは？」

「私に殺《や》ってほしいと言ってきたのです。ですが私はその前に、ルカーズの二人を始末することを矢代に話していました。ルカーズはうちのシマを荒らし放題だったので、矢代としても実行してほしかった。だから私は『俺が両方やるなんて無理だ、ルカーズに殺されるかもしれないんだぞ』と言い、矢代には『自分の尻《しり》ぬぐいは自分でやれ』と撥《は》ね付けました。あの男は頭は切れるけど、危険なことはすべて人に押し付け、おいしいところを独り占めします。『そんなことだからおまえは人望がないんだ。組長になれても誰もついてこねえぞ』。矢代にそんなことを言えるのは、組では私しかいませんでした」

沼田と矢代の関係は、地位こそ違えど対等だった。そうした予想は当たっていた。

「沼田さんがそう言ったら矢代は？」

「分かったと言いました。ただ自信がなさそうだったので、私がいくつかアドバイスをしたんです。浅越には必ず一人で行くから、他の人間を連れてくるなと頼め。伝えたからには組員を連れていくような卑怯《ひきょう》な手は使うな。そんなことをすれば絶対に見抜かれる。浅越は借用書を持ってこないぞ、と」

「矢代は沼田さんのアドバイスに従ったわけですか」

「はい。あの男は以前から知る足立区の雑木林に、死体を埋める計画を立てました。実行日より前に組員に穴を掘らせておくと。それだと犯行がバレた時、組員たちまで共犯でしょっぴかれます。だから私が『俺が行く』と言い、矢代と二人で、夜中にスコップを持って出かけました。おまえの不始末なんだからおまえがやれと、あいつに多く掘らせました。足が痛《いて》えとか文句を言いながらも一時間くらいかけて掘っていました。さらに殺害後に車に乗せたら、念のために手を拘束し口を塞《ふさ》いでおけと、盗難車売買の工場で使っているマスキングテープを渡したのも私です」

「その話をしたのはいつですか」

「私がルカーズの二人を殺る二日前です」

「六月五日ですね」

「はい」

「実行予定日が、あなたがルカーズの二人を襲撃した日と同日だったのはどうしてですか」

そこで少しの間ができた。不快感を示すような深い皺《しわ》が眉間《みけん》に寄った。

「矢代から聞いていた日は違っていました。前の日でした」

「六日ですか」

最初に週刊誌に告白した日付だ。

「私はドヤに潜んでいたので、どうなったのかなと七日の朝に電話をしました。矢代の携帯は繋《つな》がらなかったため、組にいる若い衆にかけると、若頭はいつも通り、マッサージに行っていると。それを聞いて、矢代も人を殺して堂々としてるんだからたいしたタマだなと感心しました。こっちは当日になって、少しビビっていましたから。ですがその夜、ルカーズの二人を射殺して、海ほたるパーキングエリアで拳銃の始末をして、公衆電話から矢代に電話をかけたんです。そしたら明らかに普段とは様子が違っていました」

「どう違っていたんですか」

「興奮状態でした。その時に思ったんです。あの野郎、今日に変えやがったと」

「なぜ変える必要があったのですか」

「ルカーズ殺しで私が逃げのがれた場合、浅越殺しを私に擦《なす》りつけるためですよ。二人殺しより浅越一人の方が死刑にならずに済むだろうと。小賢《こざか》しい矢代が考えそうなことです。私も気が昂《たかぶ》っていますから、それ以上は腹も立たなかったです。それがドヤに戻って寝床についたら、高校時代の卑怯な矢代を思い出し、過呼吸みたいに息苦しくなって。夜勤の人間にビニール袋を貸してくれ、と頼みました」

人生の転機となった高校時代のあの夜のことは忘れていなかった。

「そこまで怒りを感じたのに、あなたはこれまでどうして黙っていたのですか」

「この世界はそういうものだと思っていました。いくら矢代が嫌いでも、同じ組の人間を売ったりはできません」

「放っておいたのに、今回、自分が罪を被《かぶ》る気になったのはなぜですか」

これも想像はできていたが、沼田から言わせる。

「弁護士の妻木が急に面会に来て、『矢代が沼田さんの娘さんのことを心配していましたよ。芸術の専門学校に通っていて、二十歳の誕生日を機に、イギリスに留学するそうです』と言ってきたんです。妻木というのも矢代の腰巾着《こしぎんちゃく》です。親切心で教えてくれたような会話でしたが、私はこれは脅迫だと感じました」

「どうして脅迫だと？」

「矢代とは長い付き合いだから分かりますよ。でなきゃ組とは縁を切った妻木が出てこないでしょう。あの男がそんなことを言い出したということは、浅越社長を殺した時、なにかヘマをした。だから自分が捕まると焦っているのだと思いました」

矢代が実行日を黙って変更しただけで、沼田は罪を擦りつけられると疑ったくらいだ。矢代の魂胆を察するのも難しいことではなかった。

「妻木には『娘を無事にイギリスに行かせてくれ。おまえの悪いようにはしないと矢代に伝えてくれ』と言いました。妻木はホッとした顔をしました。面会が終わってから、高校生の糞《くそ》ガキは、組長になってもなんも変わらねえな、と独り言を呟《つぶや》いたくらい、器の小さい矢代が嫌になりました。でもその時は、自分の血を受け継いだ娘が、芸術家の卵と聞いた嬉《うれ》しさの方が上回っていました。私は娘が生まれたと聞いただけで、その後はどのように育ったかも知らなかったので」

「知ろうとしなかったのですか。都内と埼玉ですから、こっそり見に行けば、できないこともありませんよね」

「そんなことをしたら、平穏な暮らしをしている二人に迷惑がかかります」

沼田はきっぱりと否定する。若い衆から慕われていたのは、沼田のこうした漢気《おとこぎ》なのだろう。普通は金を出しているのだから、写真くらいは見たいと願う。

「矢代はやきもきしていたと思いますよ。私がなかなか、浅越殺しを自供しなかったので」

「刑務官に訴えたけど、警察には取り次いでくれなかったんですね」

「加川さんには大変悪いことをしました」

「週刊誌を頼ったのもそのためですか」

「警察が無理なら、マスコミを使うしかないと思いました。取材を受けているうちに、これは矢代への警告にはなるな、という考えが浮かびました。それであえて文香を匂わすことを書いてくれと頼んだんです。そうすれば、俺の家族に手を出すなよ、俺が命あるうちにおかしなことをすれば、おまえをいつでもムショ送りにする、俺とおまえしか知らない秘密を俺は握ってるんだぞ、そこまで伝わると思いました」

沼田は理路整然と喋《しゃべ》った。

途中で休憩を入れ、捜査本部で矢代亘一を取り調べている間宮班長に伝える。

矢代は依然として「浅越に借金なんかしていない。殺してもいないし、六月七日の夜なら愛人との逢瀬《おうせ》のために借りていた部屋にいた」と全面否認している。また造成地の一部を所有する地主を、立ち退かないように金で懐柔していたことも「知らない」と言い張っている。

だが田口ら五係の刑事が、元矢代組の組員に聞いてまわり、新たな証言を得た。

六月七日の深夜、泥だらけのスーツで深夜に組に戻ってきた矢代に、ある若い組員は驚愕《きょうがく》した。その組員は矢代のスーツ一式の処分を命じられ、翌日には別の組員が矢代組事務所から離れた都内の空き地で燃やした。矢代は顔にひっかき傷があり、その日から二日ほどは機嫌が悪く、組員たちに当たり散らしていた。

彼らがなぜ急に口を開いたのかについて田口はこう言っていた。

〈身代わりになるよう沼田は矢代から脅されていたと俺が言ったら、彼らは揃ったように協力してくれたよ。おそらくこれで矢代組は解散だ。矢代を見捨て、堅気になるなり、他の組に移っていくなり、バラバラになる〉

「人望がないのに、矢代組はこれまでよく持ったな」

〈沼田がいたから持ったんじゃないか。なにせこれまで沼田が犯した罪は、すべて組の仲間のためにやったことなんだから〉

そこまで言われて洸は、思わずあっと声を出しそうになった。

証拠も目撃談もない二係捜査でもっとも大事とされるのは被疑者による自供である。今回の捜査では沼田と実況見分し、本人が指定した付近から遺体は出てきた。だから当初は、自分の捜査は正しいと信じた。

だが今回、被疑者の確定に必要な、自供の裏付けと同じくらい大事なことを忘れていた。

動機だ。

沼田が過去に起こした事件には、後輩が拉致《らち》されリンチに遭ったり、あるいは卑怯な手で負傷したりと、沼田が仕返しをしなくてはならない理由があった。だが浅越に借金したのは矢代である。矢代の代わりに浅越を殺す動機がない。

午後の取調べが始まった。

いつもは午前、午後で質問役を変えるのだが、信楽から「午後も引き続き森内が質問しろ」と言われた。

「あなたは過去にも事件を起こしていますが、すべて組の後輩や仲間がやられたことが原因ですね」

「お恥ずかしいですが、その通りです。自分は頭に血が上ると抑えられなくて」

「もしルカーズの件がなければ、矢代から相談された時、あなたは浅越功さんの殺害を請け負っていましたか」

「請け負いませんよ。浅越さんの件は、すべて矢代が蒔《ま》いた種です。私は断っています」

やはりそうだ。浅越殺しは沼田の信念から外れていた。そんな簡単なことに、どうして自分は今まで気づかなかったのか。

「次の質問をさせてください。週刊タイムズの記者に、最初は六月六日と嘘の日付を言ったのはなぜですか」

「そう話せば矢代は安心すると思ったからです。真面目に聞いてくれていた記者さんには申し訳なかったですが、初めから途中で日付を変えるつもりでいました。そうすれば一度は安心した矢代が焦ると。七日に私が二つも事件を起こせるとは警察は思わない。そうなるとどちらかの事件で、アリバイのない矢代が疑われることになります」

「それも矢代への警告になると思ったわけですね」

洸がそう言うと、沼田は小さく頷《うなず》いた。洸は信楽を見た。

「あなたはやっぱり頭が切れますね」

隣から信楽がよく通る声で言う。

沼田は、体の割には小さめな顔を左右に振った。

「いいえ、自分は馬鹿ですよ。ヤクザになって死刑になるなんて、馬鹿の中の馬鹿としか言いようがありません」

取調べが終わると、沼田は刑務官に連れられて個室を出ていった。

部屋には静けさだけが残った。

沼田がこれまでの自供を覆して矢代の犯行を認めたというのに、洸には仕事をやり遂げたという達成感は生まれなかった。もやもやした気持ちの方が強い。一旦《いったん》、目を伏せてから、腹に力を入れ、「部屋長」と呼びかける。

「ん？」

信楽が振り向くと同時に、立ち上がって体の向きを変え、沼田がしたのと同じくらい深く頭を下げた。

「今回は本当にすみませんでした。部屋長の言った通りです。あの時は『部屋長に信頼されたいと思って、いつも仕事をしています』と言いましたが、実際は部屋長のいない間に手柄を立てたいという欲がありました」

頭を下げたまますべてを吐露した。

このまま二係捜査から外されることも覚悟したが、それはなかった。

「いいんだよ、謝らなくて。森内はこう言ったじゃないか。自分たちの仕事は行方不明者を殺人事件の被害者と結びつけることだと。まさにそれが俺たちに与えられた任務なんだから」

「ですけど、自分のワンマンプレーであやうく、別の男を逮捕してしまうところでした」

「だとしても謝罪なんてしなくていいんだよ。俺たちにはまだやるべきことが残ってる。

事件が終わったわけじゃないんだぞ」

そう言われて頭を上げる。

「はい。捜査本部に戻って調書をまとめます」

まだまだ自分は二係刑事として未熟であることを、洸は改めて痛感した。

19

死刑囚が懺悔《ざんげ》の自白を撤回
金融会社社長を殺したのは、矢代組組長の矢代亘一である

………以上が私が知る、矢代亘一のA社長の殺害に関わるすべてである。

ではなぜ前回、私が自分が殺したと嘘の自白をしたか、である。

それは私の知人の身が心配だったからだ。

私のもとに九月、矢代組の元顧問弁護士が訪れた。

その弁護士からは、矢代が私の知人のことを心配している旨を伝えられた。

前述したように、矢代がA社長を殺害することを知っていたのは、組では私一人しかいない。

殺害の相談を受け、死体遺棄現場に一緒に行って穴を掘った私は、元顧問弁護士が急

に面会にきて、唐突に私の知人の安否に関する話を出したことを、矢代から「罪を被《かぶ》れ、そうしないとおまえの知人の身になにが起きても知らないぞ」と脅されていると感じた。

そのため、あえて自分がA社長を殺したと嘘の供述をした。

私に正義感と勇気があれば、事件は迅速に解決し、A社長の遺体は早期に発見され、成仏できただろう。

すべて私の弱さである。

私はすでに控訴を取り下げた。そのため一審の死刑判決は確定した。

残された時間、私は自分の人生を反省し、来たるべき執行日を待つつもりである。

沼田正樹

年が明けた一月の第二週、正義は是政の自宅前で、信楽が原稿を読み終わるのを待っていた。

矢代亘一の逮捕容疑が殺人と死体遺棄に切り替わってから二十日余りが経過、矢代は起訴された。前回信楽の家に来たのは、矢代が別件逮捕される前だから、ずいぶん間が空いたが、この日の信楽は、正義の顔を見た瞬間、「今年初めてですね」と初めて自分から声をかけてきた。

おそらく戸井文香が沼田に会って説得したこと、それが事件の解決に繋《つな》がったのだと感謝してくれているのだろう。

文香からの電話には正義もびっくりした。

自分たちは、文香から真実を話すようにという沼田への伝言がほしいと頼んだだけで、まさか母娘で面会すると言ってくれるとは想像もしなかったからだ。

自分が由梨香の立場だとしたら死刑囚の父親に会いに行くだろうか。行かないと思う。

由梨香がそう決意したのは、普段から母親に、お父さんはこんなに苦労した。法律的には許されないことをしたけど、いつも他人のことを思う優しい人だったと聞かされていたからだ。

機嫌の良かった信楽だが、「来週号に掲載する記事です」とプリントアウトして持参した小林の原稿を渡すと、みるみるうちに顔が険しくなった。

時間を置かずして最後まで読み終えた時には、いつもの愛想のない顔に戻り、無造作に原稿を突き返してくる。

「いかがですか？」

「あなた、これを掲載するつもりですか」

言葉にも険がある。

「なにか不都合なことでも書いてありますか」

「裁判での沼田の証言が効力が失ってしまいます。それに……」

信楽が言いたいことはそれだけではない。正義が機先を制した。

「文香さんや由梨香さんの身の危険を案じておられるのですね」

来月、日本を発《た》つ由梨香だが、正義が口にした危険とは、沼田が告発したことで、矢代組が母娘に危害を加えるという意味ではない。

死刑囚の妻、娘として世の中に知られてしまうことだ。

文香は沼田と籍を入れていない。由梨香は非嫡出子であり、沼田との血縁関係は戸籍からは分からない。

それでも、自分が言うのもなんだが、どんな手を使ってでも調べるのがマスコミの怖さである。血縁を知られた瞬間、由梨香は死刑囚の娘となる。そんなこと、沼田は望んでいない。

「一応、知人にしておいたんですけど」

「ですが常識的に考えれば……」

「沼田に家族がいたことは、文面から容易に想像できますね」

また正義が先に言った。これまでは無視されたり急に何か言われたり、この変わり者の刑事に惑わされっぱなしだったが、今日はすべてにおいて正義がリードしている。

「そこまで分かっているなら、どうしてこんな記事を」

眉間《みけん》に皺《しわ》を寄せて信楽は訝《いぶか》しむ。

「書かせましたが、雑誌に載せるつもりはありません。沼田にもそう伝えています。つまりこれは彼の単なる独白を書き取ったにすぎません」

「どういうことですか」

眉間の皺がいっそう深くなった。

「最初から、うちの記者には『今回は誌面に載せない。だけどもきみが事件の存在を世に出したんだ、きっちり最後まで取材して、読者が納得する原稿を俺に読ませてくれ』と言いました。私がやっているデスクという役目は、最初に原稿に目を通す読者でもありますから」

言いながら、ずいぶんカッコいい上司だと恥ずかしくなった。実際は小林のことを「きみ」などと呼んでいないし、「読者が納得する原稿」の部分ももっと雑な言い方をした。

「載せないものをどうして私に見せたんですか」

信楽が疑問に思うのも当然だ。これでは週刊タイムズ、いや正義がいかに有能なデスクかをアピールしたに過ぎない。

「信楽さんに理解してほしいと思ったからです」

「なにか誤解してましたか？」

「週刊誌はなんでもすぐに書くから信用ならない、だから話したくないと、最初に会った時に言ったじゃないですか」

信楽も思い出したようだ、いや、いつも週刊誌の記者に言っているセリフだろうから、思い出すまでもないか。

「書かないことを示したくて、私に読ませたのですか」

「基本、書くのは事実です。我々は記者クラブにも入っていませんので、取材禁止にされても問題がない、そのため新聞記者ほど制約はありません」

そう言ってしまうと新聞に失礼か。新聞記者でも、司法クラブに所属する東京地検担当などの中には、「日々の次席検事の会見は無意味だ、それならいっそ、出入り禁止になって、禁止されている平検事のもとにも取材に行ったほうがいい」などと言う気骨のある記者はいる。

それでも週刊誌の方が、権力と接している時間が短い分、聖域は少ない。正しい報道ができているかどうかは、個々の媒体によるだろうが。

いつもの時刻の電車に乗るため、信楽は歩き始めた。

正義は隣に付いた。原稿を読む時間を要したせいか、これまでよりペースが速い。正義は息が切れそうだったが、年上の信楽は平然と歩いていた。

「信楽さんから、週刊誌は信用ならないから話したくないと言われても、それは個人の理由などで仕方がないと思っています」

息を切らしながら正義はさらに先を続ける。

「今回はうちの記者も、そして信楽さんの同僚である刑事も、若さからミスが出たのだと思っています。でも信楽さんはこのミスを経験として生かそうとした。うちの別の記者がある捜査一課の刑事から聞いたのですが、信楽さんは沼田への聴取のほとんどを、ミスをした若い刑事にやらせたそうですね。それを聞いて私も、後輩記者に最後まで、この取材をやり遂げさせようと考えました」

森内に質問役をさせたことは、古谷が泉という管理官に聞いた話だ。今回の事件で、沼田をはじめ多くの関係者を聴取したのは森内で、信楽はこれ以上若手が傷口を広げないように、フォロー役に徹したそうだ。

「それと信楽さんが今回のことで、よく分からないことが書いてあると言ったこと、他にも見つけました」

「なんですか、それは」

「沼田の告白記事に、子供の頃は世界地図ばかりを眺めていたとありましたね。将来は自分をいじめたりしない国で暮らしたい、だけどアメリカは黒人差別があると知っていたので嫌だった。そこで沼田が挙げたヨーロッパの国の中に、由梨香さんが留学する国が入っていましたね」

フランス、イタリア、ドイツ、スペイン、イギリス……血の繋がる娘がその一つに留学するとは、沼田はそのことがなによりも嬉《うれ》しかったのだろう。

「あの部分も私は必要ないと思いましたが、沼田が、お父さんも実は行きたかったんだよ、と娘に伝えたかったんですね」

イギリスはヨーロッパでは一、二の有名国でありながら、沼田は最後に入れた。娘を嫌な気持ちにさせたくないという沼田の優しさが感じ取れる。

「そんなこと、今初めて気づきましたよ」

信楽は言うが、正義には空惚《そらとぼ》けているように思えた。

「ただ、さっき、あなたが言ったことには間違いがありますよ」

「えっ」

思いもよらない指摘に、速歩でただでさえ速くなっていた鼓動が乱れる。

「間違いってなんですか？」

なにか拙《まず》いことでも言ったかと、こわごわと尋ね返す。

握っていたはずの会話の主導権はいつしか信楽に奪われていた。

「若さからミスが出たと言ったところです。うちの刑事も、おたくの記者も、若いからこういう結果になったのではありません。私が同じ立場でも、沼田が殺したと思い込み、誤った捜査をしていたかもしれません」

謙虚な刑事には、これまでにも会ったことがある。だが自分でも誤ったかもしれないと言われたのは初めてだ。

「ミスを誘われるような、なにか分岐点でもあったのですか」

その分岐点に、刑事の心得が出てくるような気がして、正義は息を呑《の》んで返事を待つ。

「分岐点などないですよ」

「じゃあ、どうしてベテランの信楽さんでも誤った捜査をしたと思うのですか」

「人間は誰だって自分が調べたことは正しいと思ってしまいます。私だっていつもそうです。ですがそれは途中経過であって、そこで満足せずに仕事を続けていくと、自分の確信が間違いであることにやがて気づきます」

「つまり、誤りが事実を導き出すこともあるということですね」

「捜査でも取材でも、最後まで諦《あきら》めなかった者だけが真実を知ることができるのです」

期待したほど、名物刑事ならではの捜査の心得を聞けたわけではなかった。

だが汗水をかいて歩き、目から血を流して調べて、初めて真相に辿《たど》りつく――そう教えられて一人前の週刊誌記者になった正義には、信楽の言葉は胸にストンと落ちた。

執筆にあたり、ジャーナリストで『死刑囚になったヒットマン』（文藝春秋刊）で解説として参画されている山本浩輔《やまもとこうすけ》さんにアドバイスをいただきました。

本書は書き下ろしです。

本作はフィクションであり、登場する人物・組織などすべて架空のものです。

独《どく》白《はく》

二《に》係《がかり》捜《そう》査《さ》(5)

本《ほん》城《じょう》雅《まさ》人《と》

令和6年10月25日　初版発行

発行者●山下直久

発行●株式会社KADOKAWA
〒102-8177　東京都千代田区富士見2-13-3
電話　0570-002-301(ナビダイヤル)

角川文庫 24367

印刷所●株式会社暁印刷
製本所●本間製本株式会社

表紙画●和田三造

●お問い合わせ
https://www.kadokawa.co.jp/（「お問い合わせ」へお進みください）
※内容によっては、お答えできない場合があります。
※サポートは日本国内のみとさせていただきます。
※Japanese text only

ISBN 978-4-04-115542-4　C0193

角川文庫発刊に際して

角川源義

第二次世界大戦の敗北は、軍事力の敗北であった以上に、私たちの若い文化力の敗退であった。私たちの文化が戦争に対して如何に無力であり、単なるあだ花に過ぎなかったかを、私たちは身を以て体験し痛感した。西洋近代文化の摂取にとって、明治以後八十年の歳月は決して短かすぎたとは言えない。にもかかわらず、近代文化の伝統を確立し、自由な批判と柔軟な良識に富む文化層として自らを形成することに私たちは失敗して来た。そしてこれは、各層への文化の普及滲透を任務とする出版人の責任でもあった。

一九四五年以来、私たちは再び振出しに戻り、第一歩から踏み出すことを余儀なくされた。これは大きな不幸ではあるが、反面、これまでの混沌・未熟・歪曲の中にあった我が国の文化に秩序と確たる基礎を齎らすためには絶好の機会でもある。角川書店は、このような祖国の文化的危機にあたり、微力をも顧みず再建の礎石たるべき抱負と決意とをもって出発したが、ここに創立以来の念願を果すべく角川文庫を発刊する。これまで刊行されたあらゆる全集叢書文庫類の長所と短所とを検討し、古今東西の不朽の典籍を、良心的編集のもとに、廉価に、そして書架にふさわしい美本として、多くのひとびとに提供しようとする。しかし私たちは徒らに百科全書的な知識のジレッタントを作ることを目的とせず、あくまで祖国の文化に秩序と再建への道を示し、この文庫を角川書店の栄ある事業として、今後永久に継続発展せしめ、学芸と教養との殿堂として大成せんことを期したい。多くの読書子の愛情ある忠言と支持とによって、この希望と抱負とを完遂せしめられんことを願う。

一九四九年五月三日